蓮水 涼
絵 whimhalooo
離婚の条件が
揃いました
The condition of the divorce
was met.

レイドリック
ウィンバート公爵令息
The condition of the divorce was met.

Characters
リヴィエラ
レインズワース辺境伯
令嬢

ディナ
侍女
ミゲル
従者
ラシェル
リヴィエラの親友
アンブローズ
ランジア王国王太子

離婚の条件が揃いました
蓮水 涼
絵
whimhalooo

目次

プロローグ　離婚の条件がそろいました

「――旦那様、離婚の条件がそろいました」

深紅の長い髪を耳にかけながらそう口にしたのは、レイドリックの妻であるリヴィエラだ。

このランジア王国の伝説にある悪い魔女と同じ髪色を持ち、そのせいで人から忌み嫌われてきた彼女。軽んじられることにも、諦めることにも慣れさせられてしまった、かわいそうで美しい妻。

そんな彼女に契約結婚なんて残酷なものを持ちだしたのは、レイドリックのはずだった。

条件を付け、離婚に足る条件がそろった時は円満に別れるという内容で合意した結婚だ。

他者から侮辱されてきた過去のせいで人とのコミュニケーションが苦手な彼女は、普段話しかければ応えてくれるけれど、彼女の方から話しかけてくれることは少ない。

だというのに、その貴重な機会がこんな話になるなんて。

それを嘆けばいいのか、問い詰めればいいのか。

らしくもなく動揺した頭では、なにが正解なのか導きだせない。

まさか自分の正体がバレたのか。それとも他の男に懸想でもしたか。

いずれにせよ、この時レイドリックが一番驚いたのは、今すぐ彼女の口を塞いでしまいたいと思っている自分にだ。

これまで多くの女性を相手にしてきた。

誰かひとりに心を奪われることなんて一度もなかった。

ゆえに、今回も同じだろうと高を括《くく》っていた。

それがどういうわけか、妻の冷めた深緑色の瞳を今のレイドリックは恐ろしいと感じている。

妻の愛らしい薄桃色の唇から、死刑宣告のような続きを聞きたくないと拒絶している。

けれどリヴィエラは、そんなレイドリックに気付く様子もなく再び口を動かした。

そうして、無情にも感じるほど淡々と言い放つ。

「つきましては、こちらの離縁状にご署名をお願いいたします」

第一章　結ばれた契約

リヴィエラ・レインズワースは、少しだけ臆病な気性を持つ辺境伯のもとに生を受けた。母である辺境伯夫人も物静かな人物のため、リヴィエラ自身もそこまで活発な子どもではなかった。

けれど、リヴィエラが必要以上に屋敷に引きこもりがちなのは、なにも両親のせいではない。父とも母とも異なる赤い髪を持って生まれてしまったのが、運の尽きだったのだろう。ランジア王国の建国神話では、人々を苦しめる悪い魔女がおり、その魔女を倒した英雄こそが王家の系譜だとされている。

その悪い魔女は、殺した人間の血を吸ったような深紅の髪と、底の知れない深緑の瞳を持つ妖艶な女だと伝えられていた。リヴィエラはまさしくその悪い魔女と同じ色の組み合わせを持って生まれてきてしまったのだ。

幼少の頃、それが原因で親族の子どもたちから散々虐《いじ》められた。兄たちが気付けば助けてくれたけれど、彼らが寄宿学校に行ってしまってからはひとりで耐えるしかなかった。

そうして外は怖い世界だとインプットされてしまったリヴィエラの心は、辺境伯領にあるマナーハウスから出るのを極端に拒絶するようになった。

第一章　結ばれた契約

以来、リヴィエラは完全に引きこもり令嬢と化している。

避けられなかったデビュタント以外ではほとんど領外に出たことがないため、先日十七の誕生日を迎えた今の自分が、他人の噂《うわさ》の中でどうなっているのかは知らない。知らないけれども、そんなにいいものでないことはなんとなくわかっている。

——それなのに、これはいったいどういうことだろう。

「あなたが許してくださるまで、何度でも申し上げます。リヴィエラ・レインズワース嬢、どうか私と結婚してください。あなたのその何事にも動じない瞳に惚《ほ》れました」

場所はレインズワース家の応接室。対面にある濃茶の革張りソファに座っていたはずの男が、いつのまにかリヴィエラの傍らで片膝をついていた。

正面に座っている父も、まるで娘に褒めてもらえると確信しているようなにこにこ顔でこちらを見つめている。

リヴィエラは戸惑いながら頭を悩ませた。

自分が聞き間違っていなければ、彼は自身をレイドリック・ウィンバートと名乗った。

ウィンバートと言えば、引きこもりのリヴィエラですら存在を知っている王家と縁続きの公爵家だ。確かそこの令息が王太子と従兄弟であるらしいとも聞いた覚えがある。

父曰く、彼はまさにその息子であり、現在は王太子の補佐官として出仕しているらしい。

父が自慢げに微笑《ほほえ》む気持ちもわからなくはない。

肩書きや家柄はどう考えても最上級の部類に入る人だ。将来的な権力を考慮すれば、彼ほど結婚相手として申し分ない男性はいないだろう。

しかもレイドリックは、最高級の容姿も持ち合わせていた。

月光を映したように輝く金の髪に、深い夜を思わせる藍色の瞳。それらは自然と彼を目で追ってしまうほどに美しい。目もとは涼しげで凛々《りり》しく、口もとにある黒子《ほくろ》は色っぽく、すっと通った鼻筋はまるで彫刻のようである。年齢だって、まだ二十二歳だという。

そんな極上の男が、よりにもよって引きこもりのリヴィエラを選ぶ理由がわからない。

他の女性なら手放しで喜びそうな求婚だが、リヴィエラはいまいち信用できずにいた。ありていに言って話がうますぎるのだ。

膝の上に重ねた自分の手を握りしめて、やや緊張しながら口を開く。

「ウィンバート公子様」

「あなたにはレイドリックと、名前で呼んでいただきたい」

「……詳細をお伺いしたいので、庭に出ませんか」

「デートのお誘いですか？　喜んで」

まったく違うのだが、今はもうそれでよしとする。父がいると彼の本音を聞けないような気がして、とりあえず場所を移せるならどこでもよかった。

生温かい目で見送る父と別れ、リヴィエラはレイドリックを連れて庭園へと下りた。

第一章　結ばれた契約

幾何学模様で整えられたそこは、生垣の薔薇《ばら》が客人の目を楽しませる。

母が無類の薔薇好きのため、この庭園には様々な種類の薔薇が植えられているのだ。さらにはどんな季節でも薔薇の花を楽しめるようにと、庭師が工夫に工夫を重ねている。

その庭園の奥には、ちょっとしたガゼボがある。とんがり屋根がかわいらしい八角形のそれは、ベンチとテーブルが備えつけられていて、普段はそこで母と薔薇を観賞したり、リヴィエラにとって唯一の友人であるラシェルとおしゃべりしたりしている。

レイドリックにベンチを勧めると、リヴィエラは自分も彼から一等離れた場所に座った。

「さっそくですが、この婚姻をお断りすることはできますか？」

リヴィエラがなんの前置きもせず切り込むと、レイドリックは微笑みを浮かべたまま距離を詰めてきた。最初に彼から一番遠い場所に座ってしまったせいで逃げ道がない。

「できるか否かでお答えするなら、否と答えましょう。こちらの方が家格は上ですからね。ですが、無理強いしたいわけでもありません」

彼はリヴィエラの手を取ると、眉尻を下げながら瞳を覗《のぞ》き込んでくる。

「まずは理由をお伺いしてもよろしいですか？　こう言ってはなんですが、私は女性にとって好条件の男だと自負しております。あなたを幸せにするための財力も権力もある。私のなにがお気に召しませんでしたか？」

まるで仔犬《こいぬ》が遊んでほしいとねだってくる時のような上目遣いをされて、リヴィエラは瞬間的に返答に詰まった。

「いえ、そういうわけではなく、単純に疑っているのです。好条件すぎて、なにか裏があるのではないかと」

「それは……実に率直ですね」

彼がこぼした言葉に、リヴィエラはぎくりと反応する。

ずっと引きこもっていた影響で、リヴィエラは貴族らしい会話が苦手なのだ。社交界では婉《えん》曲《きょく》的な言い回しが好まれることはさすがに知っているけれど、知っているからといってできるものではない。

開き直って、リヴィエラはわずかに頭を下げた。

「どうか、考え直してください」

そう頼むのは、明らかに怪しい求婚に頷《うなず》きたくない気持ちと、もうひとつ。赤髪のリヴィエラを前にしても嫌悪感を露わにしない彼に、後悔してほしくないからだ。

唯一の友人と同じくリヴィエラをひとりの人間として扱ってくれる彼に、せめてもの恩返しがしたかった。

公爵家の妻が〝赤髪〟なんて、きっと醜聞《しゅうぶん》になる。彼にそんな面倒な道を選んでほしくはない。

「あなたにとっては残念ながら、私の意思は変わりません。むしろ余計に気に入りました」

なぜ、と困惑と憐《あわ》れみの混じった瞳で彼を窺《うかが》う。

しかしレイドリックは動じることなく微笑んだ。まるで役者のように、少しの想定外《アドリブ》などうにでも修正できるとでも言うように。

「私も回りくどい会話には辟易《へきえき》していたところだったんです。素直に意見を言ってもらえるのは新鮮でおもしろい。あなたとの結婚生活は飽きなそうだなと思ったら、ますますあなたと結婚したくなりました」

彼が目を細めて、とろけるような甘ったるい視線を流してくる。

動揺して握られたままの手を振り解こうとするが、彼が引き止めるようにぐっと力を込めたことによって阻《はば》まれた。

「それにもうひとつ、あなたのいいところを見つけました」

「なん、ですか？」

「その聡明な頭脳です。客観的に状況を把握する能力には感嘆しました。確かにあなたの言う通り、私はなんの利益も求めずに求婚には来ていません」

やっぱり、と納得の思いが強かったリヴィエラは特段ショックを受けるでもなく、引き続きレイドリックから自分の手を取り戻そうと奮闘する。

レイドリックが苦笑した。

「このままだとあなたは私の求婚に応じてくれなさそうだ。ですから、こうやり直させていただきます」

急に手を放されたリヴィエラは、反動でそのまま後ろに倒れ込みそうになった。

が、すぐにレイドリックの腕が伸びてきて、腰をぐっと掴《つか》まれる。おかげで後ろに倒れることはなかったものの、彼との距離が一気に縮まってしまった。

あわや吐息が触《ふ》れそうな至近距離で、彼が甘い毒を孕《はら》んだような妖《あや》しげな目でくすりと笑う。

「私と契約をしましょう。結婚という名の契約を。互いの目的を果たすために」

目を見開いて、近くにある藍色の瞳を凝視する。そのまま吸い込まれてしまいそうなほど綺《き》麗《れい》な瞳だけれど、同時になにを考えているのか読めない瞳でもあった。

なにを言っているんだ、という疑問が半分と。

ああやっぱり、という安堵《あんど》の気持ちが半分。

どうやら彼には、リヴィエラと結婚しなければならない事情があるようだ。

最初から素直にそう言ってくれていたら、ここまで怪しむこともなかったのに。

「わかりました。条件を、伺います」

＊

レイドリックと初めて顔を合わせた翌日。

リヴィエラはたったひとりしかいない友人のラシェルを自室に迎えていた。

彼女と出会ったのは半年ほど前。

リヴィエラと違って天真爛漫《てんしんらんまん》な彼女は、商人である親の仕事の都合でレインズワース領に来て、ひとり町を探検していた時に道に迷ったらしい。

けれど持ち前のポジティブさでそのまま探検を続行していたところ、レインズワース家の庭園に入り込んでしまったのだとか。

確かにこの家を囲む塀には、一カ所だけ小さな穴がある。大人は通れないけれど、子どもや小柄な女性なら通れるくらいの穴が。

そうと認識していて修繕しないのは、この穴から猫たちが遊びにやってくるからだ。

そうして庭園を散歩していたリヴィエラと鉢合わせして、リヴィエラの赤髪に対して『情熱的ね』と発言した彼女と互いに動物好きという点で意気投合し、年齢も同じだったことから今では名前で呼び合う仲にまで進展した。

ただ親の都合で一年くらいしかレインズワース領に滞在しないらしいから、こうして一緒に遊べるのは期間限定ではあるのだけれど。

と、そう聞いていたリヴィエラの方がまさか先にこの土地を出ていく羽目になろうとは、彼女と出会って間もない頃には想像もしていなかった。

「え⁉　じゃあリヴィエラ、結婚しちゃうの⁉」

淡い緑と白を基調とした部屋には、今はリヴィエラとラシェルのふたりしかいない。ラシェルとは友人であり、ある秘密を共有する共犯関係でもあるため、気兼ねなく話せるように会う時はいつもメイドを下がらせているからだ。

ふたりの間にあるセンターテーブルには、メイドが置いていってくれた紅茶とクッキーが並べられていた。

リヴィエラはクッキーを頬張りながら頷く。

「うそうそ。じゃあ一緒に遊べなくなっちゃうの？」

「…………そうなるわね」

今気付いたというように息を呑《の》んだ際、咀嚼《そしゃく》していたクッキーも一緒に嚥下《えんげ》した。

「なんで驚いてるの⁉　そこもっと早く気付いてほしかった！」

「ご、ごめんなさい？」

「もぉ～」

澄んだ湖水のような目をつり上げて、ラシェルが頬を膨らませる。その姿は頬いっぱいに餌を溜《た》め込むリスのようで、怒っているのに愛らしさが抜けていない。彼女の反応はいつもこんな風に全力投球で、だからか、リヴィエラはこの友人を小動物のようにかわいらしく思っている。

それに彼女は、見た目もふわふわしていてかわいいのだ。

瑞々しい桃のような色を持つ髪は緩やかに波打っていて、リヴィエラのまっすぐな髪質とは全然違う。

さらに羨ましいのが、女性として成熟した豊満な体つきである。

はちきれんばかりの胸は同性の目にも毒で、ほっそりと伸びる手足は雪のように白く、愛らしい顔とのアンバランスさがどこか背徳的にも見える。

そのせいでたまに変な人に絡まれるらしく、その点は心配しているけれど。

「え〜、でも意外。あのウィンバート公子様が？」

リヴィエラはおかわりのクッキーに手を伸ばした。摘まんだそれを口の中に運び入れ、ぶつぶつと呟《つぶや》くラシェルを観察しながら頬張り続ける。

「ウィンバート公子様と言えば、王太子殿下と並んで女性の憧れの貴公子だよ？　誰が彼のハートを射止めるかで社交界では賭けもされてるらしいし。遊びでもいいから彼に抱かれたいって願う女性が後を絶たないんだって」

もしゃ、もしゃ、と次から次へとクッキーを咀嚼《そしゃく》し、口の中の水分が減ったところで紅茶を流し込んだ。

引きこもりのリヴィエラだが、社交界のことを少しでも知っているのは、すべてこの友人のおかげだ。

彼女の親は商人の中でもかなりの稼ぎがあるらしく、いわゆる豪商と呼ばれる枠に入るらしい。

　ただ、これまでお金でなんでも解決してきたと自称する彼女にも、お金だけではどうにもできないことがあった。それが貴族の社交界だ。

　お金ではなく伝手《つて》か招待状がなければ入れない世界に、ラシェルはどうやら憧れていたそうだ。

　そこでラシェルから提案されたのが、リヴィエラのもとに届く招待状で、ラシェルが夜会に参加していいかというものだった。

　リヴィエラ自身は特に頓着なく、自分を受け入れてくれた友人の願いなら「どうぞ」と差し出してもよかったのだが、さすがに見た目でバレてしまう。

　それでも仮面舞踏会なら顔を隠すので問題ないだろうという結論にふたりで至り、仮面舞踏会の招待状が届くたびにリヴィエラではなくラシェルが参加している。

　共犯関係というのは、これのことだ。

　ふたりだけの秘密の遊び。両親にだって内緒の遊びは、なんとなくリヴィエラの好奇心をくすぐった。

　参加したラシェルから聞く舞踏会の話はおもしろく、まるで自分が行ったような気分になれるのも楽しかった。

「ねえ、リヴィエラ。本当にウィンバート公子様と結婚するの？」

リヴィエラは手に持っていたカップをテーブルに置き、視線を紅茶の水面に落としながら答えた。

「するわ」

思い出すのは、あの日の続きだ。

『条件を、伺います』

そう言ったリヴィエラに、彼はにこりと微笑むと。

『それはまた次回に』

なぜか引き延ばされてしまった。三日後にまた来ますと言い残して去った彼は、いったいどういう条件を出してくるつもりなのだろう。

でも、条件のことはラシェルに言えない。レイドリックが純粋に求婚してくれたと勘違いしている両親にだって秘密だ。

ただどんな条件を提示されようとも、リヴィエラはおそらく頷くだろう。

これがただの婚姻ではなく、契約をもとにした婚姻であるならば。

（だってその方が、負い目を感じなくていいもの）

リヴィエラも馬鹿ではない。いつまでも実家にいられるものではないと理解している。

長兄が結婚し、家を継ぐようになったら、リヴィエラは明らかにお荷物だ。兄の妻となる次期辺境伯夫人にとっては、目の上のたんこぶになってしまうだろう。

いつかは結婚して、家を出なければいけないとは考えていた。

つまりレイドリックからの求婚は渡りに船であり、条件がよすぎて警戒しただけであって、彼の求婚の意図がわかれば応じるのになんら問題はないのだ。

「じゃあ、おめでとうって、言うべきなのかな」

「言ってくれないの？」

「言ってあげたいけど……」

ラシェルが言い淀《よど》むなんて珍しい。なにか問題があるのだろうかと、リヴィエラは彼女の返答を待った。

リヴィエラの視線に気付いたのか、言いづらそうにラシェルが教えてくれる。

「ウィンバート公子様はね、ほら、会ったならわかると思うけど、あの見た目でしょ？　結構な浮名を流してるみたいなの。日によって街中を一緒に歩く女性が違うこともあるみたいでね。隠さずに言うと、女たらし」

「おんな、たらし……？」

それはつまり、女性関係が派手という意味だろうか。

ラシェルはやはり違う世界で生きてきたからなのか、たまに耳慣れない言葉を使う。まあ、話の流れからなんとか意味は読み取れるので、通じなくて困ったことはないが。

「だから心配なの。不倫されるんじゃないかって」

ああ、なるほど。ようやくラシェルの気まずそうな表情の原因がわかった。

リヴィエラは首を横に振る。

「大丈夫。これは利害の一致だし、それにこの髪だから、誰に嫁ぐにしてもその覚悟はしているわ」

リヴィエラは婚家に多くを望まない。ただ自分を辺境伯家から連れだしてくれるなら他はどうでもいい。

異色の生まれであるリヴィエラを、分け隔てなく愛情を込めて育ててくれた両親。両親と同じように愛してくれた兄たち。

そんな彼らの迷惑になるのが嫌で、ここから連れだしてくれるという相手なら浮気者でも構わないのだ。

「……わたし、貴族のそういうところ嫌い。一夫多妻制みたいな」

ラシェルが膝の上で拳を作り、顔を俯《うつむ》ける。

リヴィエラを心配してくれているからこその言葉なのだろうとはわかっている。だからラシェルのそばへ寄り、彼女の身体《からだ》を優しく抱きしめた。ありがとうと、感謝の気持ちを込めて。

ガノア歴八三二年八月二十日。

社交界のオフシーズンも終盤に差しかかった、夏の盛《さか》り。

新婦たっての希望により、身内だけの小さな結婚式が執り行われた。

新婦は深紅の髪を綺麗に結い上げられ、袖がレースになった真っ白なプリンセスラインのドレス姿で新郎の隣に並んでいる。その顔には喜びも期待も浮かんでおらず、ただただ目の前の事実を受け止めるだけの淡々とした表情でやや俯いていた。

対して、燕尾服《えんびふく》で着飾った新郎の顔には柔和な笑みが覗いている。

天はふたりを祝福するように晴れやかで、参列者も少ないながらにふたりの新たな門出を祝った。

教会内に響く神父の厳《おごそ》かな声に促されて、新郎が新婦のヴェールを上げる。

「では、誓いのキスを」

新郎がそっと頬に手を添えると、それまで凪《な》いでいた新婦の顔にわずかな緊張が走った。

新郎がくすりと笑う。しかし誰もその笑みには気付かない。

ゆっくりと互いの間にある隙間がなくなっていき、ついに唇が触れ合った。

こうしてリヴィエラ・レインズワースは、この日をもって、リヴィエラ・ウィンバートとなったのである。

＊

燭台《しょくだい》の明かりしかない部屋で、リヴィエラは息をひとつ吐きだした。

生家である辺境伯家もそれなりの財産を持っているけれど、公爵家とは比べものにならないようだ。

その一端がこの寝室である。

レイドリックとリヴィエラの私室に挟まれた夫婦用の寝室とはいえ、ベッドとドレッサー、その他小さな家具があるだけの部屋にしては広い。

ベッドも、いったい何人が寝ることを想定して作られたのだろうと考えてしまうほどに大きい。家具に施された意匠はどれも凝ったものばかりで、おそらくオーダーメイドだろう。

リヴィエラは今、そんな見慣れない贅沢《ぜいたく》な寝室で、夫となったばかりのレイドリックを待っている。

結婚式を終えた今夜は、新婚のふたりにとって初夜だ。

人付き合いの薄いリヴィエラといえども、さすがに初夜に関しては母から聞かされている。子どもを授かるための儀式であるから、夫になにをされても身を委《ゆだ》ねていなさい、と。

おかげで公爵家の侍女たちに念入りに身体を洗われ準備をされている間、どんな気持ちでいればいいのかわからず終始無言だった。

（でも、さすが公爵家の侍女だったわ。……前もって言い含められていたのかしら）

というのも、準備をしてくれた侍女の誰ひとりとして、もっと言うのならリヴィエラを迎えてくれた公爵家の使用人の誰ひとりとして、リヴィエラの赤い髪について悪態をつくことも、嫌悪的な反応を示す者もいなかったからだ。

正直、彼らの主人《レイドリック》の手前、わかりやすく罵られはしないだろうとは思っていたけれど、欠片《かけら》も負の感情を見せなかったのには面食らった。眉くらいはひそめられるだろうと思っていたのに。


その時、レイドリックの私室に繋《つな》がる方のドアノブが動く音がして、ベッドの縁に座っていたリヴィエラは背筋を伸ばした。

太ももの上できつく握りしめた手に、じんわりと汗が滲《にじ》む。

現れたレイドリックは、ガウンを羽織っただけのなんとも無防備な姿だった。開いた胸もとから均整のとれた体躯《たいく》が覗く。入浴後のしっとりとした肌から香る色気に当てられそうになって、リヴィエラは少しだけ視線を横に逃がした。思い切り目を逸《そ》らさなかったのは、自分が意識しているとバレるのがなんとなく恥ずかしかったからだ。

「改めて、私と結婚してくれてありがとうございます」

そう言いながら、レイドリックは流れるように隣に座ってきた。慣れた調子で腰に手を回されて、薄布越しに伝わってきた彼の体温に思わず身体が強張る。

今の挙動でリヴィエラの緊張などお見通しだろうに、彼はくすくすと笑って首を傾けるだけだった。まるで余裕のない自分を観賞されているようで、居心地悪くわずかに身を捩《よじ》る。

しかし、逃がさないとばかりに腰に回る手に力が込められた。

「今日からあなたも同じ『ウィンバート』ですから、リヴィエラと呼んでも？」

一拍置いて、こくりと頷く。

下から覗き込むようにして顔を近付けてきた彼は、出会った当初と変わらないにこやかな微笑みを見せてくる。

その藍色の瞳がなにか言いたそうにジッと見つめてくるので、リヴィエラは距離を取ろうと背中を反らそうとして、あえなく失敗した。

耳もとで彼が囁《ささや》く。

「やっぱり緊張してますか？」

「……っ」

彼の吐息がくすぐったい。

「大丈夫、怖いことなんてなにもありません。痛いこともない。全部私に任せてくれれば、きっと素敵な夜にしますから」

媚薬《びやく》のように甘美な声が、脳を溶《と》かすように痺《しび》れさせる。

彼がリヴィエラの方へ身体を傾けてきて、どうすればいいのかわからないリヴィエラはされるがままベッドの上に押し倒された。

白いシーツの上で扇状に広がった髪を、彼がひと房手に取る。

「綺麗ですね。ここまで鮮やかな赤色の髪は初めて見ます」

その言葉だけでも十分衝撃的だったのに、彼はなんとリヴィエラの髪に口づけを落としてきた。

これにはさすがのリヴィエラも反射的に拒絶し、我知らず彼の胸もとに手を突きだしてしまう。

「それは、契約に、ありません」

動きを止めた彼が、きょとんとした顔で見下ろしてくる。

その視線に居たたまれなくなったリヴィエラは、顔を横に向けてもう一度言った。

「契約にないことを、無理にする必要は、ありません」

そう言った自分がどんな顔をしていたのか、リヴィエラには知る由もない。

けれどレイドリックの方はなにか思うところがあったのか、先ほど漂わせていた艶めいた雰囲気を引っ込めて、リヴィエラの背中とベッドの間に手を差し込んできた。

ぐっと力強く抱き起こされ、リヴィエラはあっという間にベッドの上に座らされる。

「リヴィエラに署名してもらった契約書の条件、覚えてますか？」

「それは、はい」

実はリヴィエラとレイドリックは、通常の婚姻状の他に契約書を取り交わしている。

この契約結婚のための細かい条件はそこに記載されており、その存在自体、リヴィエラとレイドリックふたりだけの秘密事項だ。

「私は辺境伯の持つ貿易事業に一枚かませてもらうのが目的で、あなたは家から出してくれる相手を欲していましたね」

そうだ。合っている。

彼が初めて求婚の目的を話してくれた時、辺境伯家の携わる大きな貿易事業に公爵家も関わりたかったからというのは聞かされていた。

加えて、代々国境守護を任せられるほど優秀な家門であるレインズワース家とは、繋がっておいて損はないという打算があったということも。

そこまでは納得しながら耳を傾けていたリヴィエラだったが、なんとその時彼がリヴィエラの望み――家族に迷惑をかけないために家から出たいという望み――すらも言い当てたから、思わず驚愕《きょうがく》から固まってしまった。

だから彼は言ったのだ。互いの目的を果たすために、などと。

彼がどうやってリヴィエラの状況を知り、誰にも明かした覚えのない野望を知っていたのかは謎だけれど、知っているなら話は早いと思った。

「互いの目的を達成するために、この婚姻は円満に続けていきたいと思っています。だから共に契約書を作成しました」

同意するように首肯する。

それは、仮初めの結婚生活を送る上でのルールであり、万が一のための離婚の条件である。

夫又は妻は、以下に記載の条件のいずれかひとつ、もしくは複数を配偶者又は自身が満たすと判断したとき、離婚を要求することができる。

なお、離婚の要求を受けた夫又は妻は、よほどの事情がない限りこれを受け入れるものとする。ただし、条件六はこれに及ばず、両者協議の上で決定する。

一、目的の達成が著しく困難と判断されたとき。

二、夫又は妻が犯罪に手を染めたとき。

三、夫又は妻が行方不明になって半年が経過したとき。

四、互いの生活に過干渉したと客観的に判断できるとき。

五、精神的な不貞行為が認められたとき。

六、その他重要な問題が発生し、婚姻の継続が不適切であると判断されたとき。

条件五は、簡単に言ってしまえば本命ができた時に効力を発揮するものだ。

これはリヴィエラの方が付けてほしいとお願いした。彼が目的を達成した後、いつまでも赤髪の女に縛られ続けるのは申し訳ないと思ったからだ。

不貞行為なんて仰々しいと修正を求めたのに、レイドリックは直してくれなかった。

「さて、あれら条件のどこに、あなたに触れてはならないとの記載がありますか？」

一瞬なにを言われたのか理解できず、リヴィエラの反応が遅れる。

「あれら条件のどこに、あなたの髪にキスをしてはいけないなんて記載がありますか？」

そう言って、彼がまたリヴィエラの髪に唇を寄せた。そのままリヴィエラを射止めるように上目遣いで見つめてくる。

どくんと、心臓が初めて感じる跳ね方をした。

「契約にないから『しなくてもよい』のではなく、契約にないから『してもよい』と、私はそう解釈していますよ」

イタズラっぽく微笑んだ彼を見て、リヴィエラは内心で嘆いた。

これがラシェルの言っていた『女たらし』かと。

なるほど確かに、これは危険だ。

彼の甘い顔で、甘い声で、身を委ねたくなるような心地いい言葉を囁かれたら、彼に口説かれた女性が落ちていったのも納得できる。

少し強引なところも、多くの女性が彼の虜《とりこ》になる理由なのだろう。なんでもないようにリヴィエラの赤い髪に触れるように、彼はそうして今までも誰かの懐にするりと入り込んでいったに違いない。

そんな彼の態度に救われたくせに、なぜかその光景を想像すると救われた気持ちが減ったような気分になる自分に疑問を抱きつつ、リヴィエラは身体から力を抜いた。

「赤い髪の女に、もの好きな方ですね」

「あなただって、私の悪評を承知しているのでしょう？」

ふっと上がった口角が、なんとも艶めかしい。

リヴィエラの沈黙を彼は肯定と受け取ったようだ。

「悪評のある者同士、仲良くしましょう」

楽しげな彼の顔が近付いてくるのを、リヴィエラはぼんやりと眺めて、それからゆっくりと瞼《まぶた》を閉じた。

抗う無意味さを悟る。

だからもう、昔のように、抵抗はしなかった——。


『悪い魔女と同じ髪だ！』

最初にそう暴言を吐かれたのは、親戚の集まりでだった。

それまで家族以外の人と会ったことのなかったリヴィエラは、親に手を引かれて挨拶に来た子どもの言葉が、最初は理解できなかった。

というのも——おそらく両親がわざと隠したのだろうが——リヴィエラはランジア王国の貴

族なら必ずと言っていいほど読み聞かされる物語を、それまで一度も聞かされたことがなかったからだ。

王族の英雄譚《たん》であるため、本来なら、なぜ王族が尊い存在なのかという理由を子どもにもわかりやすく伝えるための物語を、リヴィエラも習得していなければならなかった。

けれど両親も兄たちも、幼いリヴィエラの心を慮《おもんぱか》って違う物語を語ってくれていたのだ。

他の大人たちは気まずそうにリヴィエラから目を逸らすが、子どもはいい意味でも悪い意味でも素直なものである。

『なんでおまえの髪だけ赤いんだよ』

『僕知ってるぞ。リヴィエラは悪い魔女の手下なんだ』

両親や兄たちの目がないところで、リヴィエラはよく髪を詰《なじ》られ、引っ張られ、ある時は染料を浴びせられたこともある。

『リヴィエラは魔女だ！』

『リヴィエラをやっつけろ！　今度は俺たちが英雄だ！』

『っ、やだ、やめてっ』

ひどい時は、長い髪をはさみで無造作に切られた時もある。

ざんばら髪で帰ってきた娘を目にした時の両親は、そのあまりの残酷さにリヴィエラと共に涙した。

そんな風に生んでごめんね、と嗚咽《おえつ》交じりの声で母に謝られた時が一番辛《つら》かった。

リヴィエラは両親を恨んでなどいない。むしろこんな髪色で生まれてきてごめんなさいと、リヴィエラの方が謝りたかった。

けれど、そんなことをすれば母はまた倒れてしまうだろう。リヴィエラが乱れた髪で帰宅したあの日、母はショックのあまり気を失って倒れてしまったのだから。

来る日も来る日も自分の髪を呪い、自分を呪い、泣いて、泣いて。

そうして飽きずに泣き続けたからか、ある時、ぷつりと涙が途切れた。

代わりに子どもらしい喜怒哀楽もリヴィエラの中からは消えて、不思議なくらい心が凪ぐようになった。

どんなものにも、おそらく限界というものはあるのだろう。

リヴィエラの限界がそこだった。涙の限界も。感情《こころ》の限界も。

でもおかげで、その日から髪色を罵られても以前のように辛くなることはなくなった。髪を引っ張られても、汚水をかけられても、「またか」としか思わなくなっていた。

やがてそんな彼らと交流する意味を見出せなくなり、両親も家にいればいいと言ってくれたのもあって、リヴィエラは引きこもるようになった。

――〝綺麗ですね。ここまで鮮やかな赤色の髪は初めて見ます〟

だから、自分の人生でまさかそんな言葉を他人からもらえる日が来るなんて、夢にも思っていなかったのだ。

カーテンから漏れる日の光が瞼に差し込んで、リヴィエラはゆっくりと目を覚ました。見慣れない天蓋に戸惑い、しかしすぐに自分が結婚しウィンバート公爵家のタウンハウスに移り住み始めたのを思い出す。

ベッドの隣は空っぽだった。それをなんとなく寂しく思いながらも、リヴィエラは上体を起こす。

なんとはなしに触れたシーツが冷たい。彼はいつ起きたのだろう。

さらりと視界に流れてきた自分の髪を、リヴィエラはひと束持ち上げてみる。

相変わらず真っ赤な色。人の生き血を吸ったような、気持ちの悪い色。

実は黒に染めようとした時もあったけれど、この髪はなかなか染まってくれず、諦めた経緯がある。

どうせ引きこもりだ。だったら無理に染める必要もないかと、その時は開き直った。

(でも、それももう無理ね)

いくらレイドリック自身がなにも言わないからといって、またこの結婚が契約に基づくものだとしても、彼の妻である以上引きこもり続けることはできない。

今いるタウンハウスに彼の両親であるウィンバート公爵夫妻はいないとしても——夫妻は領地のマナーハウスに帰っていった——ここには公爵家の使用人が大勢いる。

寝室の扉をノックして入室してきた侍女だって、そのひとりだ。

「おはようございます、若奥様。身支度のお手伝いをさせていただきます」

昨日も思ったけれど、本当に公爵家の使用人は教育が行き届いている。やはりリヴィエラの赤い髪を見ても顔色ひとつ変えない。

洗面器と壺に入れた新鮮な水、そしてタオルを持って室内を進む彼女は、確か昨日の自己紹介でディナと名乗っていた。

チョコレートブラウンの髪を三つ編みにして両耳の後ろに垂らし、白ぶどうのような薄緑色の瞳をした、ひと目見た時から生き生きとした輝きを持つ子だなと思った少女だ。実際の年齢は聞いていないけれど、見た感じの印象では自分とそう変わらない十七、八歳くらいに見える。

レイドリックから彼女がリヴィエラの専属侍女になってくれるという話は聞いていたけれど、なんだか自分のような女の世話をさせるのが申し訳なくて仕方ない。

（それに今、若奥様って言った？　慣れなくて……変な感じだわ）

彼女がセッティングしてくれた洗面セットで顔を洗い、差しだされたふかふかのタオルで濡れた顔を拭く。

実家では自分で着替えていた——というより自分の世話は自分でしていた——ので、ついその癖で着替えようとしたら、先制するようにディナが寝間着を脱がせてきて、手際よくデイドレスを着せられる。

そのまま優しく背中を押されてドレッサーの前に座らされれば、これまた無駄のない動きで化粧を施され、髪を結い上げられた。

彼女の手腕に呆然《ぼうぜん》としている間に、身支度が完璧に整っている。

「朝食ですが、若旦那様はすでにご登城されましたので、お部屋に運ばせていただきますね」

聞き捨てならないひと言が聞こえた。ものすごくさらりと言われたが、それは聞き流してはいけないひと言だろう。

「旦那様は、もう？」

「はい。若旦那様はいつもお早いのです。若奥様はお気になさらず、との伝言を承っております」

顔から血の気が引いていく。さすがに気にしないのは難しい。

この結婚は契約結婚ではあるけれど、それを知るのは当人であるレイドリックとリヴィエラだけだ。

つまり契約結婚であることを誰かに知られるのはまずいため、本当の夫婦を演じる必要があることをふたりとも納得した上で署名している。だというのに、初日から夫の見送りもしない妻になってしまった。

己の失態に落ち込んでいると、ディナが見送れなかったことを残念に思っていると勘違いしたらしく、大丈夫ですよと励ましてくれる。

「昨日のお疲れが響いているのだろうと若旦那様から伺っておりますから、誰も責めはしませんわ」

(昨日の疲れ？)

確かに結婚式は疲れたけれど、それを理由にしてもいいのだろうか。

なんとなく腑《ふ》に落ちないものを感じながらも、ディナの表情は存外柔らかい。侍女としての建前だけでなく、そこに微笑ましさのようなものも垣間《かいま》見《み》えて、リヴィエラは聞くに聞けなかった。

寝室の隣に用意されたリヴィエラの私室へ移動すると、ちょうど給仕のメイドたちが朝食を運んでいるところだった。

やはり彼女たちもしっかり教育されているようで、表情こそ変えずに黙々と自分の仕事をこなしていく。

ただ、昨日の出迎えを受けた時と違ってここまで至近距離で対面すると、リヴィエラには些《さ》細《さい》な空気の変化が伝わってきた。

目が合ったメイドのひとりが、不自然に見えない程度にリヴィエラから視線を逸らす。

(まあ、そうよね)

ショックよりも、やっぱりという気持ちが湧いてくる。

むしろレイドリックの反応が特殊で、ディナの反応が完璧なのだ。

――やはり、赤い髪は人を畏怖させる。

配膳を済ませたメイドたちが部屋を出れば、ここにはリヴィエラとディナしかいない。

朝食を食べ終えたリヴィエラは、食後の紅茶を淹《い》れてくれたディナへ向けて居住まいを正した。

「ディナさんに聞きたいことがあります」

「まあ、若奥様。わたしの名前は呼び捨ててくださいませ。畏《かしこ》まった話し方も必要ございませんわ」

「ですが……」

「確かにわたしはもう二十五歳で、若奥様より幾分か年上ではありますけれど」

（……ん？）

若干の衝撃を受けるリヴィエラに気付かず、ディナは頬に手を当てて照れくさそうに続ける。

「年齢よりも身分の世界ですから。若奥様に『ディナさん』なんて呼ばれてしまっては家政婦《ハウスキーパー》に怒られてしまいますわ」

「そ、そうですか」

「はい。でも嬉《うれ》しくもあります。わたしはよく実年齢より下に見られることが多く、いつも舐《な》められてばかりでコンプレックスだったのです。まあ、そういった方々は力でねじ伏せてきたのでいいのですが、若奥様はちゃんと見抜いてくださったのですね」

ごめんなさい、と光の速さで謝った。心の中で。

目を輝かせているところ大変申し訳ないけれど、リヴィエラは別に見抜いたわけではない。単に人付き合いをしなさすぎて、初対面の相手とどう接すればいいのかわからなかっただけだ。とりあえず丁寧に接しておけば怒る人はいないだろうと踏んでそう呼んだだけであって、まさか十七、八歳に見えていたとは今さら口が裂けても言えない。

「あの若旦那様を射止めた女性はどんな方だろうと思っておりましたが、真贋《しんがん》の目を持つ方だったなんて嬉しいですわ。若旦那様は存外、女性を見る目がおありだったのですね」

レイドリックは彼女の主人のはずだが、最後はなかなか辛辣な言葉だった。彼の女性関係の派手さは使用人も知るところなのだろう。

「それで、若奥様のお知りになりたいこととはなんでしょう？」

「今日の予定を」

「それでしたら、本日は終日ごゆっくりなさってくださいませ。本来なら蜜月ですので、若旦那様も仕事はお休みのはずなのですが……どうにも外せないようでして」

それもそうだろうと思う。契約結婚の相手のために、さすがに仕事を休むことはしないはずだ。

彼は王太子の補佐をする立場にある。その責務はリヴィエラが推し量るのも烏滸《おこ》がましいくらい大きいはずだ。

ディナは同情の眼差しを向けてくれたが、リヴィエラとしては特に残念だとは感じていない。

「では、ひとつお願いが」


予定のなかった今日は、タウンハウスといえども広い屋敷内を案内されることから始まった。そうしたらあっという間に一日が過ぎていたのだから驚きである。

ディナは実年齢通りに見られたと思ったことがよほど嬉しかったのか、最初の使用人然とした態度ではなく、まるで世話焼きの実兄と似たり寄ったりの態度へ変貌していた。

そんなディナにリヴィエラが頼んだのは、髪の脱色だ。

黒に染めるのは過去に失敗している。以来、結局引きこもりとなった身なので、それ以上髪色を変える挑戦はしてこなかったのだが、公爵家の一員になったからには染めておいた方がいいだろう。

そこで、黒がダメなら色を抜けばいい、という発想に至った。

しかし彼女は準備に時間がかかると言い、夜になった今もまだその話に触れてこない。

ついには寝室の扉の前で「おやすみなさいませ」と就寝の挨拶まで交わしてしまった。

(明日ってことかしら?)

そう結論づけたリヴィエラは、ひとりベッドに上がる。

レイドリックは仕事で夕食時にも帰ってこなかったため、今夜はひとりで眠ることになるのだろうと、自分の身体に布団をかけた時だった。

「ただいま、リヴィエラ」

「――っ。お、かえり、なさいませ？」

「なんで疑問形なんですか？」

くすくすと笑われて、羞恥心が頬に滲む。びっくりした。ゆっくりと上体を起こせば、ジャケットを羽織ったままのレイドリックがすぐそばに立った。

その時遅れて鼻を掠《かす》めた香りに、リヴィエラの眉がぴくりと反応する。

「新婚早々すみません、ひとりにしてしまって。今日はなにをしていたんですか？」

花の香りだった。薔薇のような上品な香りの後に、蠱惑的《こわくてき》な甘い香りが続く。まるで、美しい薔薇の花に目を奪われて近付いた獲物《おとこ》を、花の奥から手招いて搦《から》め捕るような、誘惑の香り。

黙ったままなにも答えないリヴィエラを不思議に思ったのか、様子を窺うようにレイドリックがベッドに片膝をついた。

リヴィエラの返事を待つようにジッと見つめられて、内心で焦りを覚える。

今日は屋敷の中を見て回ったんですと答えればいいだけなのに、なぜかその言葉すら喉から出てこない。

するとレイドリックの方が先に限界を迎えたらしい。

「ディナに聞きました。髪色を脱色したいと言ったそうですね」

「ああ、はい」

肯定の言葉はするりと口からこぼれ落ちる。そんなリヴィエラになにを思ったのか、レイドリックの眉間にうっすらとしわが寄った。

「必要ありません」

遅れて首を傾《かし》げる。

「それは公爵家のためにしようとしていますか？」

今度はこくりと頷いた。

「であれば、やはり髪色を変える必要はありません。そのままで十分です。そのまま……ありのままのあなたが、一番魅力的です」

彼の言葉があまりにも耳慣れないせいで、リヴィエラはしばらく時が止まったように放心する。そんなリヴィエラを彼も黙って見つめ続けた。

やがてレイドリックは立ち上がると、リヴィエラの頭を慰めるように撫《な》でる。

これはいったいなにが起きているのだろうと、戸惑う気持ちが強く脳内を占《し》める。こんな風に頭を撫でられた経験は家族以外にはない。

むしろ引っ張られたり、叩《たた》かれたり、乱暴に扱われた記憶しかない。

だというのに。

「ディナにもそう伝えておきます。おやすみ。よい夢を」

彼はそう言い残して、リヴィエラの私室とは反対側にある彼の私室へと消えていく。

それをぼんやりと見送りながら、リヴィエラは自分の頭に手を置いた。

確かに今、ここに、彼の手が乗った。彼の手が頭の上を往復した。

（旦那様は、やっぱり変わってるわ）

くすぐったいような、気恥ずかしいような。この気持ちは、いったいどこから生じているのだろう。

不思議な心地に身を委ねながら、リヴィエラはそれからしばらくベッドの上で起きていた。

しかし、いくら待ってもレイドリックの訪れはなく、気付けば夢の底へと旅立ってしまっていたのだった。


翌朝、リヴィエラは昨日の反省を生かして早起きをした。

レイドリックがちょうど寝室を出ていこうとしたところだったので、慌てて起き上がる。

しかし足に布団が絡まり、床の絨毯に顔から飛び込みそうになってしまった時、逞《たくま》しい腕が間に差し込まれた。

「朝から危なっかしいですね。気を付けてください。せっかくのかわいい顔に傷ができたら泣きますよ、私が」

レイドリックが苦笑と安堵の混じった息をこぼす。

彼が助けてくれたのだと瞬時に理解して、リヴィエラはお礼を言おうとした——が。

「お、おはようございます」

間違えて普通に挨拶をしてしまった。おそらく表情は無愛想なものだろうけれど、心臓は予想外の出来事に早鐘を打っている。要は動揺したせいで、頭で思った言葉と違う言葉が口から出ていってしまったのだ。これも人とのコミュニケーションを怠ってきた一種の弊害だろう。

レイドリックはぽかんとした顔でリヴィエラを見つめた後、顔を素早く背けた。礼儀知らずだと怒ったのかもしれない。

不安になって今度こそお礼を伝えようとしたのに、それより早く彼が口を開いた。

「私は今日も仕事ですから、あなたは自由に過ごしていてください。外に出ても構いません。帰りも遅くなりますから、先に寝ていてくださいね。それでは」

「あ……」

我知らず伸ばした手が、虚しく宙を切る。

宙を切ってから、自分の行動を自覚し、なぜ手を伸ばしたのか自問した。

それからディナが扉をノックするまで、リヴィエラはずっとレイドリックの私室の扉を眺めて立っていたのだった。

＊

その扉の反対側で、レイドリックは冷えた眼差しを寝室の方へ送る。

顎に手を当て思案していた時、廊下に面している方の私室の扉が叩かれた。

「どうぞ」

入室してきたのは従者のミゲルだ。レイドリックの世話係であり、部下でもある少年。

顔の左側を仮面で覆っているのは、幼少の頃の火傷が原因である。チョコレートブラウンの髪はさらりと短く、生真面目な緑の瞳はいつも誰かをまっすぐに見つめている。

この時は主人であるレイドリックを見据えて、手短に朝の挨拶をすると本題に入った。

「姉からの伝言です。『そういえばいつまで続けるのですか』と」

ミゲルは淡々と口にし、主人からの答えを待っている。彼は無駄なことをしない。無駄なおしゃべりをしないし、無駄な正義感を振りかざさない。無駄な行動もしないし、無駄な感情を見せることもない。

なぜ姉弟でこうも性格が違うのかと、レイドリックが思った過去は何度かある。

「『すべてが終わるまで』」

レイドリックも端的に答えた。

そう、すべてが終わるまで、レイドリックは騙《だま》し通さなければならない。己の妻を。

誰かを騙し通すなんて、レイドリックにとっては簡単だ。男も女も関係ない。相手の瞳を見つめて優しい言葉を囁き、トドメとばかりに柔らかく微笑めば、誰もが自分に夢中になった。

そういった手腕に長けている自信がある。

いや、あったはずなのだ。

なのに今、レイドリックは予想と違う契約結婚をしている。

本当はなにも気付かせないまま結婚に持ち込み、問題がなければそのまま責任を取るつもりだった。

それが一番丸く収まる方法だと自分でもわかっていたし、上司にもそう言われた。

だからまさか、早々に疑われるとは思っていなかったのだ。

(さて、どうしたものか)

なんともやりにくいなと自嘲の笑みを浮かべた時、

「にゃあ～」

と、足もとで気の抜ける声がした。

「み～」

「みゃ～」

次々と擦り寄ってくる猫たちは、公爵家の愛猫たちだ。放し飼いをしている彼らは基本的に屋敷の中には入ってこないけれど、たまにこうしてミゲルの後をついてやってくることがある。愛情表現が大げさな姉と違って、物静かなミゲルは彼らのお気に入りなのだ。

「みゃあ」

「にゃあ～」

「にゃ、にゃ」

人の気も知らない呑気《のんき》な猫たちは、遊べと前脚でレイドリックの足を踏みつけてくる。

「……申し訳ありません」

それを見て、なぜかミゲルがどんよりとした表情で謝罪した。

生真面目な従者の考えていることが手に取るようにわかり、小さく噴《ふ》きだす。おそらく自分のせいで猫たちがここに来てしまったことを気にしているのだろう。

「構わないよ」

おかげでいい感じに肩の力が抜けた。

彼女については今なにを考えたって、なるようにしかならないのだ。

なぜならもう、自分たちは今さら後戻りなんてできないところまで来てしまったのだから。

――リヴィエラ・レインズワース。

秘密の箱庭に隠れていたのは、レイドリックの予想を裏切る、なんとも調子の狂う女性だった。

＊

結婚してから一カ月強が経《た》ったが、レイドリックは相変わらず忙しそうに仕事へ出かけていき、リヴィエラは相変わらず暇な日々を過ごしている。

よく言えば穏やかな日々ではあるのだろう。しかし契約妻だからなのか、レイドリックがリヴィエラに妻としてのなにかを求めることはなかった。

まだ蜜月なので、新婚夫婦に遠慮した夫人たちからお茶会などの招待が来ることもない。

しかもリヴィエラは『公爵夫人』ではないため、夫人としての仕事も割り振られない。

そうして暇を持て余したリヴィエラは、最近よく庭園の奥にある金木犀《きんもくせい》の木の根もとでお昼寝をするのが日課になっていた。

というのも、ずっと屋敷の中にいるのはなんとなく居心地が悪かったからだ。

リヴィエラと関わる使用人はディナと給仕のメイドくらいだが、たまに柱や曲がり角の陰から視線を感じる。

使用人は必要がなければなるべく姿を見せないよう教育されているらしいのだが、いくら広いと言ってもさすがに同じ屋根の下にいるため、たまにすれ違いそうになる時がある。

そういう時は使用人の方が気付き次第身を潜めるが、その陰から寄越される視線がなんともわかりやすいのだ。

おそらく気付かれていないだろうという油断のせいで取り繕うのを失念してしまっているのだろうけれど、リヴィエラは過去の経験から人の視線に敏感だ。そしてその視線にどんな感情が乗っているか――特に負の感情だと余計に聡く察してしまう。

かといって外出する勇気もなかったリヴィエラが辿《たど》り着いたのが、公爵家の庭園というわけである。

けれど、怪我の功名とでも言おうか、おかげでリヴィエラはひとつの楽しみを見つけられていた。

「にゃあ～」

金木犀の木の根もとに座ってひなたぼっこをするリヴィエラの周りに、猫たちが寄り集まってくる。

ディナ曰く、公爵夫人が大の猫好きで、公爵家のタウンハウスとマナーハウスにはそれぞれたくさんの飼い猫がいるらしい。

しかし放し飼いにしているため、自由な彼らは餌の時間以外はほとんどを庭園か屋敷の外で過ごしているという。

そしていつからか、リヴィエラがひなたぼっこをしていると猫たちが集まるようになった。

「この光景最高です、素晴らしいです、尊いですっ」

鼻息荒くそう言ったのは、いつもリヴィエラに付き合ってくれるディナだ。

彼女も動物は好きらしく――というより公爵家の使用人になるための条件のひとつが動物好きらしく――意気投合したディナとは、ますます仲を深めている。

「リヴィエラ様は存在がマタタビですよね！」

「違うと思うわ……」

仲良くなってからの彼女はだいたいこの調子だ。年上のはずなのにまるで友人のようでもあって、リヴィエラはすっかりディナに心を許していた。

ラシェルという心強い友人《みかた》と離れてしまって寂しく思っていたけれど、彼女がいてくれるからこの異様な公爵家の中でもやっていけるのだ。

教育の行き届いた使用人たちは、決して表立ってリヴィエラの髪を揶揄《やゆ》したり嫌悪したりすることはない。が、それでも滲み出る不快感はリヴィエラのもとにまで届いている。

幼い頃のように、虐められるよりはマシな環境だ。

謂《いわ》れのない罪を着せられて暴力を振るわれるよりは、断然快適な生活だ。

でも、やはり息のしづらい屋敷の中で、ディナと猫たちの存在が今のリヴィエラの癒やしとなっているのは間違いない。

ただ、問題がひとつだけ――。

「リヴィエラ様、わたしも猫ちゃん抱っこしたいです。猫ちゃん」

「ちょっと待ってね」

どういうわけかディナはよく猫に逃げられる体質らしく、少し前にリヴィエラと一緒に抱っこをしたその時まで、一度も近付けたためしがなかったらしい。まあ、リヴィエラの予想だと、猫を好きすぎるあまり抑えきれていない熱量が猫に伝わってしまっているだけなのだろうと思っているけれど。

以来、リヴィエラが一緒なら猫も逃げないと気付いた彼女から、よく抱っこのお願いをされるようになった。

リヴィエラの隣にディナが座る。

膝の上で伸びていた猫を抱きかかえると、その体の半分をディナの膝の上にのせた。

柔らかな毛の感触に感動しているディナを見て、リヴィエラも小さく笑う。

——問題は、そろそろ蜜月が終わることだった。

蜜月といっても、夫であるレイドリックとまともに過ごせた日は一度もない。

食事を共にしたこともなければ、一緒に眠ったのも初夜の時だけだ。

いや、ベッドはひとつしかないのだから、レイドリックがリヴィエラの隣で毎日眠っているのは疑いようのない事実だろう。しかし、いつもリヴィエラが眠った後に帰ってきて、リヴィエラが起きる前に仕事に行ってしまうので、ベッドの中で顔を合わせたのが初夜だけという話だ。

そんな形だけの蜜月とはいえ、それが終わると、今度はリヴィエラも他家の夫人たちとの交

流が始まる。

リヴィエラにとって問題なのは、まさにそれだ。

これまでまともに社交をしてこなかったツケを、払わなければならない時が来てしまう。

（それまでに、せめて外に出る練習をしておいた方がいいわよね）

なにせ筋金入りの引きこもりである。

庭園は問題ない。むしろ他の使用人の目がない庭園は、与えてもらった私室と同じくらい心休まる場所だ。

けれど屋敷から一歩でも外に出た時、自分がどうなるかわからない。

結婚式は親族のみだったからまだよかった。前もってレイドリックが彼側の参加者に事情を話してくれていたのもあって、リヴィエラの髪色が無理だという者は最初から辞退していた。

そういう内情を知っていたから、まだなんとかなった。

不特定多数の人が集まる場所に、もうずっと出かけていない。

「ディナ」

「はい、どうしました？」

猫にメロメロになっていたディナが、気の抜けた顔のまま振り向いた。

「お願いがあるの。明日、街へ出かけたいわ」

初めてリヴィエラが外出したいと口にしたからだろうか。気の抜けていた彼女の顔が急に引きしまる。

「それは……ええ、ええ。わかりました。このディナ、全力で準備させていただきますね」

彼女の脳内が今どういう思考をしたのかはわからないけれど、気迫に押されたリヴィエラはとりあえず頷いた。

今晩は眠れるかしらと、すでに緊張しはじめている。


翌朝。素晴らしく晴れ渡った空を私室の窓から見上げて、リヴィエラはため息をついた。ため息をつく時点で、やはりリヴィエラの本音としては外出したくはないのだ。

昨夜は夢見も悪かった。出かけると決めた日に幼い頃の夢を見るのだから、なんとも素直な性格をしているなと自分に呆れる。

「リヴィエラ様、本日はこちらをお被りください」

すでに深碧《しんぺき》色のアフタヌーンドレスに身を包み、身支度は済ませているはずだが、ディナが出かける直前になってある物を差しだしてきた。

帽子《ボンネット》だ。ドレスに合わせてか、緑色の花のコサージュが付いた白色のそれは、リヴィエラの赤い髪をそれなりに覆い隠してくれそうだ。

リヴィエラは、これまで社交をしてこなかったとはいえ、貴族の常識がないわけではない。帽子が富を表す被り物であるという知識はあったので、公爵家の面子を考えれば自然かと納得して自分の頭を差しだした。

しかしリヴィエラの予想とは違う理由で、ディナはこれを持ってきたらしい。

彼女は帽子を被せながら、

「恐れながら、リヴィエラ様がご自身の髪色を気にされていることは知っていました。若旦那様もその点については使用人一同に重々言い含めておりましたので、リヴィエラ様が外に出られないのは、きっとそのせいだろうと勝手に予想しておりました」

そう言って、顎の下で紐《ひも》を結び終える。

至近距離でまっすぐ見つめられて、小さく喉を鳴らす。

「おそらくリヴィエラ様はお気付きですよね。我々の不躾《ぶしつけ》な視線に」

なんと返したらいいのかわからず、リヴィエラはそっと視線を下へ逃がした。

すると、ディナが一歩後ろに下がり、丁寧に腰を折る。

「同僚に代わり、わたしから謝罪いたします。仕えるべき主人に対してあまりにも失礼な態度でした。申し訳ございません」

「ディ、ディナ？　そんなことで謝る必要は――」

「あるのです。あなた様はいずれこの屋敷の女主人となられる御方。本来であれば、使用人全員が直接謝罪すべきなのです」

ですが、と彼女はいつもの友人の顔ではなく、侍女の顔で続けて。

「若奥様と接していて、それがあなた様の望むものではないとも承知いたしております。ですから、もしわたしの謝罪だけでは足りない場合は、若旦那様へお伝えくださいませ。きっと対処してくださいますわ」

それはどうだろう、とリヴィエラは内心で思う。

ディナは知らないけれど、リヴィエラとレイドリックは契約で結ばれた関係でしかない。

それを言えないことで罪悪感が生まれる。ディナはこんなに真摯に向き合ってくれているのに、自分は彼女に真実を話せない。

この契約関係がいつまで続くのかはわからない。契約期間をレイドリックは設けなかった。けれど、契約を終わらせられる条件を、彼は書面に起こしている。

だからディナの言うように、いずれ屋敷の女主人となる可能性は五分五分だろう。

リヴィエラは顎を引いて、自分のできる限りの誠意を瞳に込めて口を開いた。

「ありがとう、ディナ。あなたの謝罪を受け入れます。だから、わたしの感謝も受け入れてください。わたしは、こんなわたしにも誠実に接してくれるあなたに感謝しているんです。それに、これも」

そう言って、リヴィエラはボンネットに軽く触れる。

「ディナにはお見通しだったのね。わたしが外に出るのが億劫《おっくう》だと思っていること」

「差し出がましいのではないかと悩んだのですが……リヴィエラ様が勇気を出されたのだと、

そう思ったらつい」

「ありがとう。ツバがあるおかげで、少しだけ気持ちが軽くなった気がするわ」

リヴィエラがほんのりと微笑むと、つられてなのか、ディナも優しい眼差しで微笑んでくれた。

「リヴィエラ様の笑顔には、人の心を癒やす効果がありますね」

思わずきょとんとする。そんなことを誰かに言われたのは初めてだ。

実感が湧かず微妙な面持ちでいると、

「ふふ、かわいらしいという意味ですよ」

ディナがまた思いもよらない感想を口にする。

かわいいのはディナのような人なのではないかとリヴィエラは思うのだが、彼女があまりにも優しげに笑うので飲み込んだ。

「リヴィエラ様、無理はなさらなくて大丈夫です。少しずつ慣れていきましょう」

彼女の気遣いに頷く。

確かにいきなり髪を晒《さら》して外出するというのは、引きこもりのリヴィエラには難度が高すぎた。

だから、ボンネットで髪の大部分を隠した状態で出かけて様子を見るのは、なかなかいい案かもしれない。それに慣れてきたら、徐々に帽子の種類を変えて、ゆくゆくは帽子がなくても外出できるようになればいい。

あまり猶予はないかもしれないけれど、無理をして二度と外に出られなくなる方が問題だろう。


そうして王都の中心部にある広大な公園《パーク》へやってきたリヴィエラとディナは、気持ちのいい秋の風を堪能しながら散歩をしていた。

ここは人工池を擁する都市型の巨大な公園で、王都の住民たちの憩いの場となっているだけでなく、観光客も訪れるらしい。

街中よりも人と人との距離が遠いおかげか、リヴィエラはなんとか自分の足で歩くことができていた。

それでも、リヴィエラには幻の視線が自分に突き刺さっているような感覚がある。そのためボンネットの端を両手で摘まみながら、せっかくの景色もそっちのけに足もとの地面ばかりを視界に映している。

「あ、リヴィエラ様、リスです。リスちゃんがいますよ！」

ディナの弾んだ声に目線を上げれば、彼女の指差した方に野生のリスが見えた。忙しなく瞳をきょろきょろと動かしていて、鼻もひくひくと小刻みに動かす様に素直にかわいいという感情が生まれる。

野生のはずなのに目が合っても逃げないところを見るに、人間に慣れているらしい。訪れる人々が餌でも与えているのだろうか。

その場にしゃがみ込むと、リスがこちらの様子を窺いながら近付いてくる。

そっと手を差し伸べたら鼻をひくつかせながら寄ってきた。

「かっっっ、わいい！」

ディナが小声で悶《もだ》えている。

彼女は侍女としての一面と、そうでない一面の落差が随分とある。ただの侍女ではなく一個人《ディナ》としてリヴィエラに仕えてくれているんだなと思うと、心の奥に温かい火が灯るような心地がした。

「すごい。リヴィエラ様って、リスにも好かれるんですね」

「……どうかしら。でもわたしも、動物は好きだわ」

彼らはリヴィエラがどんな髪色をしていても関係なく、他の人と同じようにリヴィエラを〝人間〟の枠に入れてくれる。リヴィエラを『悪い魔女』とも、『悪い魔女の生まれ変わり』とも、ましてや『本当は辺境伯の子どもではない』とも言わない。

「わかります。動物には人の見た目なんて関係ありませんからね。だからわたしの弟も、動物は好きですし、動物も弟の心優しさがわかるのか、わたしが嫉妬するほど仲がいいんですよ」

「弟？」

リヴィエラの隣にしゃがみ込むと、ディナが優しい顔で続ける。

「実はわたしには弟がいるんですけど、小さい頃の事故で顔に大きな火傷痕があるんです。そのせいで苦労しているのを、間近で見てきました」

ディナの横顔にわずかな影が差す。その陰影はディナの悲しみや怒り、そして後悔を浮き上がらせていた。

ああ、だからかと、リヴィエラは腑に落ちる。他の使用人と比べてディナの視線に嫌悪の感情が一切滲まなかったのは、彼女の弟が似たような苦しみを味わってきて、それをそばで見てきたからなのだ。

納得がいくと同時に、ディナの弟の苦労を思う。

「弟さんは、どうしてるの？」

自分でも意図せず、気付けばそう訊《たず》ねていた。

我に返って踏み込みすぎたと後悔したが、取り消す前にディナが答える。

「今は元気に暮らしてますよ。お仕えしているご主人様からもらった仮面が気に入っているようで、手入れをかかさないんです」

くすくすと思い出し笑いをするディナを見て、リヴィエラの頬も自然と緩む。弟のことが大好きなのだと彼女の顔に書いてある。

「じゃあ、わたしも頑張らないといけないわね」

リスはとっくにどこかへ行ってしまっていた。ゆっくりと立ち上がったリヴィエラは、自分を見上げてくるディナに手を差し伸べる。

「街へ、行きましょう」


公園を出たふたりは、人の行き交う街中へとやってきた。

メインストリートはさすがに人が多すぎると言うディナの助言に従い、まずはそこから何本か隣にあるダビー・ストリートを歩く。

ここは地元民よりも他国からの観光客が多いので、リヴィエラの赤い髪もそこまで目立たないだろうというのがディナの見立てだった。

赤い髪がこの国の人間に忌避されているのは、この国に災いをもたらした魔女と同じ髪の色だからだ。

逆に言えば、他国の人間はそんな伝説など知る由もなく、たとえ知っていたとしてもランジア王国民ほど現実的には信じていない。

実際、ストリートをすれ違う人々はウィンドウショッピングに夢中になっているようで、リヴィエラの髪の色なんて気にする様子は誰にもなかった。リヴィエラはそれを、ボンネットの両端を持ち、ツバから覗き込むようにして窺っていた。

「リヴィエラ様、あのドレスかわいいと思いませんか？　銀糸の刺繍《ししゅう》がとても精緻で、職人の腕のよさが伝わってきますよね！　あ、あっちの帽子店にリヴィエラ様に似合いそうなものがありますよ」

ディナはリヴィエラの気を紛らわせようと明るく話しかけてくれているのだろう。その心遣いが嬉しいはずなのに、今のリヴィエラは反応するだけの余裕がない。

いくら人々の視線が自分に向いていないとわかっていても、なにぶん外に出るのが久々である。先ほどまでいた公園は人の気配がかなり遠くにあったのでなんとかなっていたらしいと、この状況になって気付いた。

すれ違うほど至近距離に見知らぬ他人がいるのは、リヴィエラにとっていつのまにか負担になっていたようだ。

まさか自分がそんな状態になっていたなんて気付きもしていなかったので、これにはかなりのショックを受ける。

「――エラ様。お待ちください、リヴィエラ様っ」

ディナの焦る声が耳に入ってきて初めて、自分が無心で歩を進めていたらしいと知った。

ディナが追いつくのを申し訳ない思いで待っていた時、すぐ横の小道から人の話し声が聞こえてきた。

なんとはなしに視線を向けると、短い悲鳴が鼓膜を貫く。野太い男の声だ。

「リヴィエラ様、足が速すぎます。――ってどうかされましたか？」

リヴィエラが一点を見つめたまま動かないのを不思議に思ったのか、少しだけ息を乱したディナが顔を覗き込んできた。

リヴィエラはそれに構うことなく、小道へ一歩踏みだす。

「リヴィエラ様っ？」

「ディナは来ないで」

それまで髪どころか顔を隠すように俯き気味に歩いていたはずのリヴィエラがまっすぐ前を見つめる異様な様子に、ディナが困惑の色を瞳に滲ませる。

今のリヴィエラの意識は、聞こえてきた悲鳴に向いている。微かにしか聞こえなかったけれど、それは確かに『やめてくれ』と叫んでいた。

――〝やだ。やめてっ〟

脳裏に過去の自分の叫びが蘇《よみがえ》る。

やめてと叫んでも、誰も助けてくれなかった。

助けてもらえない苦しさを、リヴィエラは身をもって知っている。

もし誰かが同じような苦しみを今まさに味わっているというのなら、助けたい。それはあるいは、過去の自分を助けてほしかった思いから来ている衝動なのだろう。

我知らず早めた足で、リヴィエラは小道の先の角を右に曲がった。

高い建物の陰に人影がある。ひとつは地面に伏していて、ひとつは伏している人影を足蹴にしているようだった。

「次はしっかりやる！　だからっ――」

自分の頭を守るように地面に額を擦りつけている男と、その男をなおも踏みつけようとする全身をフード付きの外套《がいとう》で覆っている人物の間に滑り込む。

「リヴィっ……」

ディナがリヴィエラの名前を叫びそうになったが、慌てて飲み込んだようだ。リヴィエラの正体を不審人物たちに知られないようにするためだろう。

男を足蹴《あしげ》にしていたフードを被った人物は、突然の乱入者に驚いたのか振り上げた足を空中で止めた。間近で観察すると相手は意外にも小柄だとわかる。おそらく足蹴にしていた男の方が体格はいい。

つまり、フードの人物はそれなりの手練れということだ。

自分より大柄な男を圧倒していたのだから間違いない。見た目に騙されてはいけないと瞬時に判断したリヴィエラだったが、正直に言って無策だった。

過去のトラウマのせいで無謀にも割って入ったが、ある意味それは頭に血が上っていたからできた行動である。

冷静さを少しでも取り戻してしまったら、自分の無謀さを後悔する。

相手は平気で人を殴れる人間だ。リヴィエラも容赦なく殴られるかもしれない。それはきっと、髪を引っ張られた時の痛みとは比べものにならないだろう。

（どう、すれば……）

視界の端でディナがこちらに駆け寄ってこようとしているのが見えた。

フードの人物がそんなディナに気付き、彼女にも殺気を孕んだ視線を向ける。そのままディナの方へ重心を傾けたのを見て、リヴィエラは咄嗟《とっさ》にそれを阻むため相手の腰に抱きつこうとした。

——その時。

「やっと見つけた。鬼ごっこは終わりだ」

リヴィエラとフードの人物の間に、突然ひとりの男が頭上から舞い降りてきた。

第二章　疑惑の駆け引き

建物の屋根から降ってきた男が、フードで正体を隠す人物の足を払う。が、相手も素早く跳んで回避し、バックステップで距離を取った。フードが外れないよう手で掴んでいるところに用心深さを窺わせる。

ふたりの攻防を、リヴィエラは固唾を呑んで見守った。

突然降ってきた方の男は、量販されていると思しき服を身につけ、一見すると中産階級にある紳士のような出で立ちである。しかしその身のこなしは騎士のように身軽だ。

彼は隠し持っていたらしい短剣を抜くと、フードの人物へ向けて一線を引いた。続け様に攻撃を加えながら振り返らずに叫ぶ。

「ミゲルはそっちの男を」

「了解です」

背後でそんな声がしたと思ったら、反射的に振り返ったリヴィエラの視界に新たな登場人物が現れた。十代後半だろうか、自分とそう年の変わらなそうな見た目の少年だ。顔の左側を仮面で隠しているその少年は、リヴィエラが庇《かば》った男の両手を背中側で拘束し、地面に押しつけるようにして身動きを封じている。

あまりにも急な展開についていけていないのが正直なところである。リヴィエラは誰を誰から庇えばいいのかわからなくなり、その場で立ち尽くしてしまう。

「た、助けてくれぇっ」

だから、この時咄嗟に腕を伸ばしてしまったのは、正義感からでも、考えての行動からでもない。ほぼ反射だった。『助けて』という言葉に身体が反応してしまった。

仮面の少年の拘束から逃れようともがく男は、自分に向けて伸ばされたリヴィエラの手を認識するや、それまでの必死な様相から一転して下卑た笑みを口もとに滲ませる。

力任せに掴まれた手に、リヴィエラは眉根を寄せた。

仮面の少年が瞠目《どうもく》するのが目に映る。その瞳にはまさかこの男を助けようとするなんてという驚愕が滲んでいた。

そこでようやく違和感を覚えたリヴィエラは、ディナが必死な形相でこちらに手を伸ばしているのを視界の端に捉える。

同時に男が懐からナイフを取りだし、まさにリヴィエラの喉もとに突きつけようとしてくるのを視認した。咄嗟のことで動けず、逃げられない。

「下衆が」

しかしリヴィエラが痛みに備えて目を閉じる前に、紳士然とした男がナイフを持つ男の手を掴み、顎に一発掌底を打ち込んだ。彼はフードの人物と相対していると思っていたので、助けてくれたことにびっくりする。

フードの人物はどうしたのだろうと思って周りに目線を走らせたが、どこにも姿が見当たらない。いつのまにか逃げていたようだ。

男の手がリヴィエラから離れた隙に、助けてくれた彼が空いた手でリヴィエラの肩を掴んで引き寄せる。そしてもう一発、今度は男のこめかみを拳で打ち抜いた。

「腐ってるな。仮にも自分を助けようとした相手を人質に取ろうとするとは。このまま殺して――ってなんだ、もう気絶したのか。あっけない」

間抜けな顔で地面に倒れる男を、そう言った彼が足で転がす。仰向けになった男は確かに気絶していた。

頭上から小さく舌を打つ音が落ちてくる。

「ミゲル。この男、拘束して詰め込んでおいて」

「…………」

「ミゲル?」

ミゲルと呼ばれた少年は、リヴィエラの目の前で額から汗を垂らした。なにかまずいものでも見つけてしまったような反応に、リヴィエラの肩を抱いている男が首を傾げる。

リヴィエラも同じように不思議に思いつつも、ひとつ、気になったことがあった。

先ほどから聞こえてくる紳士然とした男の声が、誰かに似ている気がするのだ。媚薬のように甘美でいて、しかし覚えのあるものよりは柔らかさが抜け落ちたような、そんな声。

恐る恐る顔を上げてみれば、やはり想像通り、自分の夫の顔がそこにあった。

でも少しだけ、自分の知るものとは顔つきが違う。ジッと観察してみると、どうやら彼がメイクで各パーツの印象を変えているらしいと気付く。まるでつや消ししたみたいな仕上がりで、せっかくの美貌を隠しているようだが、さすがに夫となった相手の顔を見間違えるほどリヴィエラは薄情ではない。

ただ、じゃあ、彼の纏《まと》う雰囲気がいつもと違うのも、メイクのせいなのだろうか。

リヴィエラが知っている彼は、いつも柔和な雰囲気を醸しだしていた。けれど今の彼は、獲物を追う狩人を彷彿《ほうふつ》とさせる。

ミゲルと呼ばれた少年とリヴィエラのふたりの視線に気付いた彼が、こちらもまた嫌な予感を覚えたような慎重な動きで視線を下に落としてきた。

「……リ、リヴィエラ」

彼の表情が一瞬で気まずいものに変わる。口角までひくついている。

どうやらレイドリックは、ここで初めて助けた相手が自分の妻だと気付いたらしい。ミゲルの反応を見るに、彼の方はもっと早くに気付いていたのだろう。まあ正面で向き合っていれば嫌でも相手の顔を見ることになるから、それも当然か。

要するに、リヴィエラはミゲルの顔を知らなかったけれど、ミゲルの方はリヴィエラの顔をあらかじめ知っていたというわけだ。彼らがディナに気付かなかったのは、単純に距離があったのと、彼らが敵に集中していたからだろう。なにせ、いくら帽子を被っていたとはいえ、リヴィエラのこともこの至近距離でようやく気付いたくらいなのだから。

「あの」

リヴィエラがたったひと言口にしただけで、レイドリックの身体がびくついた。

少し離れた位置にいるディナも、なぜかハラハラとした様子でこちらを見守っている。

彼らの反応を不思議に思いながら、リヴィエラは続けた。

「助けてくださって、ありがとうございました」

「……え？」

「もしかしてお仕事中だったんでしょうか？　邪魔をして申し訳ありません」

「いや、それは、……え？」

拍子抜けしたようにレイドリックがまじまじと凝視してくる。

知らなかったとはいえ、これ以上彼の邪魔をしないよう彼の腕から抜けだすと、ディナのもとへと急いだ。

「それでは、わたしたちはこれで」

「ちょっと待った！」

戸惑っているディナの背を押して早くこの場から離れようとしたところを、レイドリックに肩を掴まれて阻まれた。

困惑するリヴィエラに対して、レイドリックが胡乱《うろん》げに目を細める。

「待って、それだけ？　他に言うことないの？　え？　今の一部始終見てたんだよね？　あと怪我はない？」

捲《まく》し立てるように質問されたせいで、リヴィエラはどれから答えればいいのか迷い反応が遅れてしまう。

彼がさらに言い募る。

「悪いけど、幻滅したからといって離縁はしないよ。それはアレには含まれてないからね。いや、そもそもなんでこんなところに？　報連相は？　聞いてないし……そんなまさか……いるなんて思わないだろ……っ」

両肩をがっしりと掴まれて、恨めしさのこもった目を向けられる。アレというのは離婚の条件のことだろう。

リヴィエラはやはり反応に困った。人付き合いの経験が少ないため、そう矢継ぎ早に話されるとついていけない。

そもそも『幻滅』とは、なんの話をしているのか。まさか暴漢を捕まえてくれたことを言っているのだろうか。

貴族の男性は紳士であればあるほど女性の人気が高いらしいとは、ラシェルに聞いて知っている。でもだからといって、自分を助けてくれたレイドリックを乱暴者だとは思わない。むしろカッコいいとすら思った。

もしくは、先ほどから少し気になっていた、いつもとは違う彼の口調について言及しているのだろうか。確かにこれまでの紳士的な言葉遣いからはかけ離れているようには思う。

ただリヴィエラは、それだって特に幻滅はしていない。丁寧な口調のレイドリックも嫌いではなかったけれど、どこか壁を感じていた。だから今の彼が素の彼だというのなら、リヴィエラは幻滅よりも嬉しい気持ちの方が大きい。

とりあえずどれかひとつでもいいから答えようと、息を吸い込んだ。

「あの、わたしも、離縁するつもりはないですよ?」

これが一番重要だろうと思って真っ先に伝えたのだが、レイドリックは目を丸くして不可解そうに観察してくる。

リヴィエラにとって家族に喜んでもらえたこの結婚を、離婚の条件もそろっていないのに解除するつもりはない。

「幻滅、してないの?」

「その『幻滅』というのは、なにに対してでしょうか?」

「いや、どう考えても俺の――あー、私の、態度が、変わっていたと思うのですが?」

「若旦那様、今さら取り繕っても遅いかと」

「うるさいよディナ。そもそも連絡を怠ったのは誰だ」

彼の視線がそばに寄ってきたディナへ移る。

「怠ったのではありません。したくてもできなかったのです。昨夜お戻りにならなかった誰か様のせいで」

目の前で繰り広げられるやり取りから、ディナも今のレイドリックをすでに知っている様子が窺えた。

「それにですね、リヴィエラ様はそんなことで幻滅するような女性ではありません。やはりわたしの目に狂いはございませんでした！　若旦那様がこれまで相手にしてきた有象無象とは違うのですよ、ふっふっふ」

「ミゲル、おまえの姉、早々に懐きすぎじゃないか？」

「…………」

その時「えっ」とリヴィエラがあげた声に、全員の視線が集まる。

「あなたが、ディナの弟さん……？」

確かに彼は仮面をつけている。なぜそれを目にした時に気付かなかったのかと、自分の視野の狭さを恥じた。

「は、初めまして。リヴィエラと申します。ディナにはお世話になっています」

挨拶されたミゲルは、困惑を露わにしながらレイドリックの判断を仰いだ。

はあ、とレイドリックがため息をつく。

「紹介します。彼はミゲル。私の従者であり、知っての通りディナの弟です。とりあえずミゲル、その転がってる男は馬車に」

「承知しました」

ミゲルはレイドリックへ了解の意を返した後、リヴィエラにも軽く頭を下げてから気絶している男を軽々と担いだ。そしてリヴィエラたちが来た大通りとは別方向にある道を進んでいく。その先に彼らの乗ってきた馬車があるのだろう。

「それで、怪我はありませんか？」

彼の口調がもとのものに戻ってしまっている。一人称もおそらく「俺」が素だろうに、今はもう「私」だ。

リヴィエラはそんなレイドリックに疑問を覚えた。

どうして彼は戻してしまったのだろう。戻す必要なんてないのに。

だって――。

「旦那様、ありのままで、構いませんよ？」

「え？」

「ありのままが一番魅力的だと言ってくれたのは、旦那様です」

彼が息を呑む。なぜそんな驚いたような反応をするのだろうと、リヴィエラは不思議で仕方なかった。

なぜならそれらはすべて、彼がリヴィエラに贈ってくれた言葉だ。ありのままでいいと、彼自身が口にした言葉だ。

そんな彼に、あの時のリヴィエラは救われた。

だからそう言って許してくれた彼にも、ありのままでいてほしいと願う。

「旦那様。アレに含まれなければ、『してもよい』、ですよ」

「は……まさか、そう返されるとはね」

どこか呆然と呟いた彼は、たぶん、素の彼だった。

＊

隣で目を瞑《つむ》っている契約妻の寝顔を、レイドリックはかれこれ四半時は眺めている。

今日、仕事である人物を追っている時、街中の路地裏で偶然にも彼女と鉢合わせしてしまった。

追っていた人物を見つければ明らかに民間人とわかる女性を襲っていたので、考えるより先に助けてしまったのは己の失態だったのか、それとも運命のイタズラだったのか。

彼女は帽子を被っていたため、ハッとするほど鮮やかな髪色も隠れていてすぐには気付けなかった。

どうせ一期一会の縁だろうと思い、任務時にするように取り繕うこともせず、素の状態でミゲルと会話をしてしまったのは完全に失敗だったと反省している。

だというのに。

そんな言葉をレイドリックにかけてくれたのは、女にも男にもいない。男はまあ、同性についてさして興味などないだろうから、わざわざ口にする機会がないだけだろう。

（ありのままでいい、か）

けれど女性は違う。これまでレイドリックが接してきた女性は皆、取り繕った方のレイドリックを好んだ。

紳士的で、顔がよく、甘い言葉を惜しげもなく贈る、そんなレイドリックに夢中になった。

レイドリックの優しげな美貌でほんの少しでも乱暴な言動をすれば、彼女たちはたちまち非難と失望を映した目を向けてきた。

貴族女性は思ったことを表情に出さない訓練をしているため、わかりやすく引くことはない。けれど彼女たちから滲む拒絶の空気を察せないほど、レイドリックは鈍感ではなかった。

貴族でない女性は、わかりやすく夢から醒《さ》めたような顔をする。

とどのつまり、女性はレイドリックの真実の姿になど興味はないのだろう。

彼女たちの理想の男であれば十分で、理想を壊すのなら必要ないのだ。

（やっぱり、調子が狂う）

自分はそう、彼女に対して取り繕っている。

必要があったからそうしたけれど、その必要性ももうほぼほぼなくなってきていた。

いくら契約とはいえ、新婚早々彼女をひとりにしたのは、ある目的の下に彼女の行動を見張るためだ。

ディナから報告される彼女の毎日は、拍子抜けするくらい穏やかで和やかなものだった。

こちらの警戒が馬鹿馬鹿しくなるほど潔白で、そろそろ彼女への嫌疑を解いてもいいのではないかと思い始めていた頃合いである。

だからだろうか。仕事なんて関係なく、初めて見《まみ》えた人種に対する好奇心がむくりと湧き起こる。これは怖い物見たさに近い感情かもしれない。

——彼女はいったい、どこまで受け入れてくれるのだろう。

本当にありのままのレイドリックを受け入れてくれるのだろうか。

本当に素のレイドリックを知っても離れていかないのだろうか。

（もし、本当に離れていかなかったら？）

どうするのだろう、自分は。

どうしたいのだろう、自分は。

（いや、まだひとつの可能性が残ってる。その言葉を含めて、全部俺を騙す演技かもしれない）

それはないだろうと頭の片隅で否定する自分がいるくせに、レイドリックはその可能性を考慮し、明日から動こうと決意を固める。騙されたふりをして、彼女の出方を窺うのだ。

レイドリックの仕事は失敗が許されない。

王太子の補佐官というのは表向きの肩書きだけれど、今追っている案件の上司が王太子本人であることは間違いないのだ。

つまり、国の存続に関わる仕事というわけである。

リヴィエラ・レインズワースには、国の機密情報を横流ししている疑いがかかっている。

＊

——やだ、やめてっ。

幼い頃の自分の声がする。

——やめて、痛いっ。

赤い髪を誰かに引っ張られているが、相手の姿は見えない。

必死に抵抗する自分だけが鮮明に映しだされている。

——痛い。やだ。引っ張らないで。

幼いリヴィエラの頭に伸びる手は、ひとつやふたつではない。四方から伸びてくる手に、力任せに、そして嘲笑いながら乱暴にされる。

——誰か助けて。お願い、誰か……！

パシッと、力強く握られた感覚が身体に伝わってきて、リヴィエラは目を覚ました。

最初に視界に入ってきたのは、困惑と安堵を綯《な》い交ぜにしたレイドリックの顔だった。無意識に助けを求めて伸ばしたのだろう右手をすくってくれたのは、どうやら彼らしい。

「おはようございます、旦那様」

それは起きて最初にする挨拶としては正解のはずなのに、まるで不正解だと言わんばかりにレイドリックの眉間にしわが寄った。

しかしそれも一瞬のこと。見間違いだったのかと思うほど綺麗に眉間のしわを消して、彼が見慣れた微笑を浮かべる。

「おはようございます、リヴィエラ。怖い夢でも見ましたか？　寝汗をかいているようですから、今水を用意させますね」

言いながら彼がリヴィエラの前髪を横に流した。その時初めて額に前髪が貼りつくほど汗を滲ませていたことに気付き、リヴィエラは慌てた。

「それより手を拭いてください。申し訳ありません」

汗なんて汚いものに触れさせてしまった罪悪感からの言葉だったが、また彼の眉間に深い谷ができかけて——完成する前に均《なら》される。

お門違いかもしれないけれど、そんな彼に不満を感じた。どうしてまた取り繕った方の彼に戻っているのだろうと。

そう思った後に、人知れず戦慄する。自分ごときが彼に不満を抱えるなんて、過ぎた感情だ。素を見せてもらえてほんの少しでも彼に近付けた気がしてしまったが、そもそも彼とは契約の関係なのだ。近付けたように感じたのは、完全なる自分の錯覚に他ならない。

ベッドから起き上がったレイドリックがベルを鳴らす。間もなくやってきたディナに飲み水を頼むと、代わりにディナが持ってきた洗顔用の水とタオルを受け取っている。

その様子をぼーっと眺めていたら、洗顔用の水をテーブルに置いた彼がタオルを持ってリヴィエラのそばまで寄ってきた。片膝だけベッドの上に乗り上げて、彼がリヴィエラの額へ手を伸ばしてくる。

汗を吸い取るように触れるタオル生地の感触があまりに優しくて、心に温もりが沁《し》み込んでくるみたいだった。それはきっと、彼の優しさも一緒になって沁み込んできたからだろう。

「旦那様は、とても優しいですよね」

思わずこぼした呟きに、レイドリックの手がぴくりと反応する。

「変わったことを言いますね。これくらい、誰だってやりますよ」

不思議だ。素の彼を一度でも見てしまったからだろうか。彼の微笑みがまるで一線を引いているみたいで、強く拒絶されているような気分になる。

「旦那様は、もう昨日のように話してくださらないのですか？」

汗を拭き終えたらしい彼が身を離す。それでも、まだベッドの上から下りる気配はない。

なにを思ったのか、途端、レイドリックが揶揄《からか》うように口角を上げた。

リヴィエラの髪をひと房手に取ると、そこに口づけを落とす。

「優しい私では、あなたのお気に召しませんでしたか？」

囁き声がぞくりと鼓膜を震わせた。

「大切な妻です。あんな乱暴な言動で怖がらせたくない私の思いを、どうか汲《く》んでください」

頬に柔らかい感触があって、遅れてキスされたのだと気付く。

本来なら照れる場面なのだろうけれど、リヴィエラの心は自分でも意外なくらい凪いでいた。

彼がベッドから足を下ろした時、ちょうど水を持ってきたディナが戻ってくる。入れ替わるように寝室を出ていこうとした彼が、リヴィエラの予定は？」

「今日は一日休みなんです。リヴィエラの予定は？」

特にないという意味を込めて首を横に振る。

「そう。でしたら、一緒に過ごしましょうか」

その言葉をどう受け止めていいのかわからず、デートのお誘いですね！と興奮するディナとは対照的に、リヴィエラは頷くだけに留めた。

かくしてディナ曰くのデートは、タウンハウスの庭園が舞台となった。

ディナとよく一緒にひなたぼっこに使っていた金木犀の木の根もとにシートを敷くと、ランチボックスとティーセットを広げる。気分はピクニックだ。

(デートは街に出かけるって、ラシェルが言ってたけど)

ラシェルは恋多き女性のため、仮面舞踏会に参加するたびにお土産話を聞かせてくれる。どんな男性と出会ったか、そこでどんな出来事があったか。時には一夜の擬似的な恋に発展することもあったそうだ。

リヴィエラはこれまで恋をしたことがない。そんなリヴィエラに気を遣って、ラシェルは他にも恋の楽しい話をたくさん聞かせてくれた。

まあラシェルの場合、たぶん結構な頻度で恋人が変わっているような気はするけれど。

彼女は恋人の名こそ明かさないが、話を聞いていると以前話していた男性とは違う特徴が出てくるので、なんとなくわかるのだ。

(旦那様が場所をここにしたのは、わたしに気を遣ってかしら。やっぱり優しい人だわ)

今朝だって寝汗を拭いてくれて、体調まで配慮してくれて、そもそも悪夢からすくい上げてくれたのはレイドリックだった。

彼は『これくらい』と当然のように口にしたけれど、その優しさを当然だと思っていることが彼が優しい人だというなによりの証左だとリヴィエラは思う。

「今日は気持ちのいい天気ですね。ここにはディナとよく来ると聞いたんですが、お気に入りの場所なんですか？」

レイドリックの質問に首肯して答える。いつも寛いでいる場所に彼がいる光景はなかなかに新鮮だ。

今日は彼の言う通り風もなく、上を見上げれば刷毛で描いたような薄い雲と青空が広がっていた。日陰はさすがに肌寒くなってきたものの、ひなたはちょうどいい暖かさだ。

それもあるのか、隣に座る今日のレイドリックはジャケットではなく、シャツの上にウエストコートを着ただけのラフな格好である。

一緒に暮らしているはずなのに、これまで彼とはすれ違い生活を送ってきたため、彼のきちんとした格好しか見た記憶がない。だからこれほどリラックスした姿は初めて見る。

そこでふと、リヴィエラは疑問に思った。

「昨日の旦那様は、見慣れない格好をしていたような……」

「ああ、あれですか。実はあれも仕事の一環でして。着飾ってもいない格好を見られて恥ずかしいので忘れてください」

レイドリックから答える声があって、リヴィエラは内心で密かに慌てる。口にした覚えはなかったのだが、どうやら無意識のうちに声に出してしまっていたらしい。

「いいえ、突然失礼しました。あと、旦那様はどんな格好でも、カッコいいと思います」

あまり多くの人と出会ってこなかったリヴィエラだが、リヴィエラが過去に目にしてきた人々の中でも、レイドリックは飛び抜けて顔の整った男性だと思っている。

それだけでなく、おそらく彼は所作が美しいのだ。立ち姿も座った姿も背筋が伸びていて、自信を表すように胸を張り、けれど驕《おご》ることなく顎を引く。その凜とした佇《たたず》まいは、なにを着ていても彼の美しさを損ねるものではない。

「旦那様は綺麗です。旦那様の内面の素晴らしさが、きっと内側から滲み出ているのでしょう」

思ったことをそのまま伝えると、なぜかレイドリックが瞠目したまま言葉を失っていた。そこにいつもの笑みはなく、少しだけ素の彼が出ているような気がしてわずかに鼓動が弾む。

「リヴィエラって……」

風が攫《さら》ってしまいそうなほど細い声で、レイドリックが呟く。

「あなたは案外、臆面もなくそういうことを言える人だったんですね」

首を傾げた。言ってはいけなかったのだろうかと。

家族は褒め言葉ならどんどん相手に伝えなさいと教えてくれたから、これまでリヴィエラが誰かを褒めるのを惜しんだことはない。

褒め言葉を使うと、家族はもちろん、ラシェルだって喜んでくれた。

それがリヴィエラにとっての意思疎通の仕方であり、人とコミュニケーションを取る時の手段にもなっている。

「不快でしたらやめます」

「いいえ、失礼。嬉しかったですよ、あなたにそう評価していただけて」

嬉しいと言うわりに、彼はまた素を隠す微笑みを浮かべて、リヴィエラとの間に一線を引く。

評価という言葉も引っかかりを覚えた。リヴィエラは別に評価したつもりはない。

「にゃあ～」

「けど、私にとってはリヴィエラの方が綺麗ですよ。初めて会った時、何事にも動じない瞳に惚れたとお伝えしたのは覚えていますか？」

こくりと相槌を打ちながら、すり寄ってきた猫の背中を撫でる。

「その後に私の思惑を見破られてしまったので、あなたはあれが嘘《うそ》だと思っているでしょう。けれど、その瞳に魅入ったのは本当です」

「にゃあ～」

こんな苔《こけ》のようにじめっとした濃緑の瞳のどこに魅入る要素があったのかと、リヴィエラは先ほどとは反対側に現れた猫を招きながら疑問符を頭上に浮かべた。

すると、レイドリックが瞳を覗き込むようにそっと距離を詰めてきて、リヴィエラの目もとを親指のはらで優しくなぞる。

男の人なのになんてきめ細かい肌をしているのだろうと、場違いなことを思った。

「泰然と構えて真実を見通すような、奥深い瞳です。事実、あなたは私の真実《もくてき》を見抜いた」

この人のよく通る低い声で口説かれて、心臓が跳ねない女性はこの世に何人いるのだろう。

「魅入るのと同時に、嫌な予感もしていたんです。この瞳に囚われるような、そんな予感が……」

徐々に彼との距離が縮まっていく。互いの吐息が肌に触れ合いそうになった時「んにゃ！」と威嚇するような声がふたりの耳に届いた。

ふたり一緒に肩を跳ねさせると、どちらからともなく目を合わせ、そのまま下へ視線を移動させていく。

リヴィエラの膝の上や周りには、いつも遊んでいる猫たちが集まっていた。

「にゃあぁ～」

「にゃっ、にゃあっ」

なぜ今日は遊んでくれないのかと、不満をぶつけてくる猫たちに、

「ふ、ははっ」

思わずといった体で噴きだしたのは、レイドリックである。

反射的に口もとを手で押さえて笑う彼を、リヴィエラは凝視した。咄嗟に自分の胸を押さえたのは、心臓に痺れるような甘い痛みが走ったからだ。

「いや、さすがに来すぎだろ。ミゲルにも負けない好かれようじゃないか」

彼は笑う時、両の眉でひとつの山を作るように笑う人らしい。垂れ下がった眉尻がなんとな

くかわいく見える。ずっと見ていたいような気になって、目が離せない。

「おまえたちが俺に怒るなんてね。今までそんなに遊んでもらってたのか？」

レイドリックはまだ笑いながら近くにいた猫の顎の下を撫でている。慣れた彼の手つきを見るに、彼も猫が好きなのかもしれない。

いや、そもそもこの猫たちは公爵家が飼っている猫だ。自由すぎて実家にいた野良たちと錯覚しそうになるけれど、彼らにとってレイドリックはご主人様のひとりである。

「はいはい、無視して悪かったよ。お詫《わ》びにあそ――」

と、そこでレイドリックが我に返ったようにハッとした。

ものすごく気まずそうに目線を明後日の方へ流しながら、額に焦りを滲ませる。

「これは、ですね。その」

「旦那様も、猫がお好きなんですね」

「え？　ああ、まあ」

「わたしも、猫もですし、動物が好きです」

仰向けになってお腹を見せてくる一匹の猫の腹を、優しく撫でながら続ける。

「旦那様がよければ、このままこの子たちも交えてピクニックをしませんか？」

「……あなたが、いいのなら」

「ありがとうございます」

その時自分がどんな表情をしたのか、鏡のない場所では推し量ることもできない。

けれど、リヴィエラの顔を見たレイドリックがまた大きく目を開けてぽかんとしたので、変な顔をしてしまったのかもしれない。

さっと彼から視線を外し、猫たちへ意識を移す。

結局この日、素のレイドリックが表れることはもうなかった。


しかしその日を境に、レイドリックとの交流が増えたように思う。

彼は忙しい仕事の合間を縫って、リヴィエラとの時間を作ってくれるようになった。

たとえば夕食を共にし、それが朝食になる日もあった。

食事の席では彼からよく質問を受ける。今日はなにをしていたのかだったり、結婚する前はどんな生活を送っていたのかだったり。

契約とはいえ公爵家に嫁入りする前は、特に話題に出せるような出来事はなかった。ゆえに話題は自然とラシェルの話になり、彼もリヴィエラの数少ない友人の話だからか、興味深げにいろんな話を聞いてくれた。

ラシェルが辺境伯家に迷い込んで出会ったこと。彼女も猫が好きで意気投合したこと。でも彼女はアレルギーがあるらしく、実際に猫には触《さわ》れない。

商人の娘だから、いろいろな新しい商品の話を聞くのが楽しかったことや、他国へ赴いて商談する父親についていった時の話がおもしろかったなど、話題は尽きない。

（そういえば少し前にラシェルに送った手紙、珍しくまだ返事が届いてないわ）

レイドリックとの夕食中、ふと思い出す。今日はなにをしていたか、と最近のお決まりの質問をされて「今日はメイドたちと少し仲良くなれたんです」という話をしたのをきっかけに、ラシェルとの手紙について思い至った。

というのも、メイドと仲良くなった発端が実家に遊びに来る野良猫たちに関することだったからだ。リヴィエラにとってレインズワース家を思い出す時は、当然家族との思い出が紐付き、併せてよく遊んだラシェルとの思い出も引き出されるようになっている。

結婚生活の最初の頃に送った手紙には返事が来た。けれど、最近送った手紙への返事をまだ見ていない。

そこにはレイドリックとの会話が増えて嬉しいようなことを書いた覚えがある。

（まあ、王都から辺境伯領は離れてるもの。気長に待つのがいいわよね）

「――エラ、リヴィエラ」

そこで自分の名前を呼ばれて、リヴィエラは意識の底から浮上した。いつのまにかデザートに手をつけずただ眺めていたらしく、慌ててレイドリックへ視線をやる。

「も、申し訳ありません」

「いいえ。それより、リヴィエラと話すのが楽しいからといって、いろいろ質問しすぎてしまいましたね。疲れたでしょう？」

「違いますっ。それに、わたしも、旦那様と話すのは楽しいです」

「……そう、ですか」

一瞬だけ言葉を詰まらせた彼だが、すぐににっこりと微笑んで。

「それならホッとしました。では、うちの愛猫が洗濯物で爪をといでしまった、かわいそうなメイドをどうしたか聞いても？」

はい、とリヴィエラは答える。

「一緒に爪とぎ用のポールを作りました」

事の発端は、外に洗濯物を干すと必ず公爵家の飼い猫たちがイタズラをして困る、というメイドの愚痴を偶然リヴィエラが聞いてしまったことだった。

もちろんレイドリックには、メイドの愚痴を聞いてしまったくだりは話していない。彼にはメイドと少し仲良くなったという話をし、なにかきっかけがあったんですかという彼の質問に『公爵家の猫です』と返しただけだ。


『――あなたたち！　仕事中に猫ちゃんの悪口を言うなんて百年早いわよ！』

偶然聞こえてきた愚痴に一番に反応したのは、リヴィエラと一緒にいたディナである。

猫を追って屋敷の庭を探検しているうちに、どうやら洗濯干し場まで回ってきてしまったようだと、その愚痴が風に乗って聞こえてきて初めて知った。

ディナもすっかり猫を追うのに夢中になっていたらしく、気付いていなかったようだ。

本来なら使用人しか来ないような場所で主人の妻と出くわしてしまったメイドたちには、なんだか申し訳なく思う。

けれど彼女たちが話していた内容に関心を持ったリヴィエラは、勇気を出して話しかけてみたのだ。

『洗濯物で爪とぎされてしまうのを防ぐ方法、わかるかもしれません』

ディナとメイドふたり、三人の『え!?』という声がそろう。

『わたしの実家にも猫が遊びに来ては、よくイタズラしていったんです。いつのまにか家の中に侵入された時は、カーテンやカーペットをダメにされたこともありまして』

その時の三人分の憐れみのこもった眼差しがリヴィエラにさらに勇気を与えた。

『あ、あの、ですから、一緒に解決、してみませんか?』

正直に言って、リヴィエラはディナ以外の使用人は少し苦手に思っている。なぜなら表立って侮辱はされないが、赤い髪に対する好ましくない視線をたまに感じているからだ。

でもそれは仕方のないことで、世の中にはレイドリックやディナのような人もいるのだと知った。

ディナの弟であるミゲルだって、顔の火傷痕のせいで苦労してきたらしいが、今は立派にレイドリックの従者として周囲に信頼されているところを見た。

リヴィエラがいまだに使用人たちに敬遠されているのは、赤い髪だけが原因じゃない。

リヴィエラ自身も、赤い髪を理由に彼らを避けているからだ。

だからこれは、一歩踏み出すいい機会だと思った。

『わ、わたし、頑張りますから』

『リ、リヴィエラ様？』

『ディナも手伝ってくれたら嬉しいわ』

『それはもちろんお手伝いさせていただきますが……』

すると、リヴィエラの熱意に負けてくれたのか、メイドふたりが恐る恐るといった体で首を縦に振ってくれる。それが嬉しくて、くすぐったくもあって、我知らず安堵の笑みがこぼれ落ちていた。

『ありがとうございます、おふたりとも』

この時メイドたちが息を呑んだ理由を、リヴィエラは知らない。


「――爪とぎをやめさせる方法が、一緒にポールを作ることと繋がるのですか？」

レイドリックの疑問に、リヴィエラは頷いて答えた。

「麻縄で作ったポールを、猫たちがよく遊ぶ場所や、ひなたぼっこする場所に設置するんです。それで、そこで爪とぎしているのを見た時、たまにでいいので、おやつなどを与えて大げさに褒めてあげてくださいと伝えました」

「それはどうしてです？」

「そうすると、猫たちは学ぶんです。ここで爪とぎすると構ってもらえる、と。猫が爪とぎする要因はいろいろありますけど、中には構ってほしいとアピールするための場合もありますから。猫のイタズラを大声で叱りつけたり、過剰な反応をしたりしてしまうと、猫は関心を持ってもらえたと勘違いしてしまうんです」

「なるほど。それで同じ問題行動を繰り返すんですね」

はい、と相槌を打つ。

「逆に、間違った場所で爪とぎしているのを見た時は、叱らず静かに正しい場所へ誘導してあげるのがいいです」

『あ、ほら。来た来た！　頑張って！』

猫の爪とぎ用のポールを作り、よく彼らが溜まり場にしている場所にそれを設置した後、四人は洗濯干し場で猫を待っていた。

風に靡《なび》くシーツは猫にとって魅力的なのだろう。まさにジャンプしようとしている一匹の猫を、ディナの声援を受けたメイドふたりが挟み打ちにする。

そしてひとりが猫じゃらしを持って、優しく『こっちよ～』と誘導を開始した。

猫の関心はすぐにそちらへ向き、思惑通り爪とぎ用のポールへ導くことに成功する。さらには、そのポールを使って猫が爪をとぎ始めた。

『や、やった。やったわ！』

『よかったー！』

メイドふたりが若干涙目で抱き合うのを見て、そんなに悩まされていたのかと驚くと同時に、よかったという思いで胸を撫で下ろす。

『若奥様、本っ当にありがとうございます！』

『わたしたち、いつもこのせいでメイド長に怒られてて』

『若奥様が丁寧に作り方を教えてくださったから、わたしたちでも簡単に作れました』

『あの、今まで若奥様を敬遠してしまって、本当に申し訳ありませんでした！』

『申し訳ありませんでした！』

勢いよく謝罪されて、リヴィエラは目を丸くする。謝ってほしくて勇気を出したわけではなかったので、ふたりに顔を上げるよう優しく告げた。

『わたしも一緒にポールを作るのは楽しかったので、気にしないでください。それで、もし今後もなにかあったら、気軽に、その、頼ってくれたら嬉しいです』

メイドふたりが顔を見合わせる。そして。

『はい！』

『若奥様も、わたしたちを存分に使ってくださいね！』

気合十分の回答が返ってくる。最後の言葉は頷いていいものか悩ましいところではあったけれど、要は『頼ってくれていい』という意味だと解釈し、リヴィエラの心に温かいものがじんわりと広がる。

『よかったですね、リヴィエラ様』

メイドと別れてディナとふたりになった時、ディナがまるで『よく頑張ったわね』と褒めてくれた母のように温かい眼差しで笑ってくれたから、リヴィエラはちょっとだけ照れてしまった。

事の顛末《てんまつ》まで話し終えると、リヴィエラは喉を潤すため水に手を伸ばす。

「ありがとうございます、リヴィエラ」

「え？」

グラスをもとの位置に戻した時、レイドリックからお礼を言われて疑問符を浮かべた。

「メイドも、猫も、どちらも救ってくれて。飼い主は私なのに、仕事であまり構ってやれないんです。使用人たちはよくやってくれていますが、猫が好きでも扱いに慣れていない者も多い中、苦労させているのはわかっていたんですが……」

レイドリックは苦笑した後、これまで一度も見たことのないような無邪気さで目を細めた。

「あなたがここに来てくれてよかった。ありが――」

と、そこでレイドリックが我に返ったように言葉を止める。

リヴィエラは初めて見る彼の優しすぎる微笑みのせいで高鳴る鼓動に翻弄されていて、特にそれを気に留められる状況ではなかった。

けれど、なぜか言い訳をするようにレイドリックが言い募る。

「いや、まあ、解決したならよかったです。すみません、私が話すのを迫ったせいでデザートが食べられませんでしたよね。どうぞ」

「あ、はい」

なんとなくぎこちなくなってしまった空気の中、リヴィエラは食事を再開する。

こんなに自分の話をしたのは初めてだったので、やっぱり退屈させてしまったかもしれないという不安が途端に胸の内に広がってきた。

やっぱりラシェルとの出来事を話す方が、彼の食いつきはいいような気がする。

今回はいつも——図書室で本を読み、猫と戯れて終わる一日——より濃厚な一日だったから思わず話題にしてしまったけれど、これからは気を付けよう。

そう自戒したのに、まるでリヴィエラの内心を読んだように彼が付け足した。

「また、あなた自身の話も聞かせてくださいね」

きっと彼のこういうところが、人を魅了してやまないのだろう。

その後も、彼は自分で言った通りリヴィエラ自身の話も楽しそうに聞いてくれた。

あまり長く話すのが得意でないリヴィエラだが、彼はいつも根気強く付き合ってくれる。

リヴィエラが言葉に詰まる時は、彼の方から話題を提供してくれることもあって、彼と話すのは楽しいことで、苦ではないのだという認識がリヴィエラの中で強くなっていく。

これまでは聞き役に回ることが多かったリヴィエラにとって、それは初めて話す楽しさを教えてくれるものでもあった。

そんなある朝食の席で、リヴィエラはレイドリックから観劇に誘われたのだった。

「大丈夫ですよ。劇場内ではボックス席を取っていますから、あなたの姿は私にしか見えませんし、私以外にあなたの着飾った可憐《かれん》な姿を見せてあげるつもりもありません」

道中の馬車の中で、レイドリックはリヴィエラの手に己の手を重ねてそう言った。

レイドリックは契約妻に対しても距離の近い人で、遠慮なく触れてくる。それは今に始まったことではないはずなのに、リヴィエラの鼓動は最近おかしい。

彼の存在を近くに感じれば感じるほど、比例して早鐘を打つようになったのだ。ましてや彼に触れられれば、動悸《どうき》のような症状まで表れる。

でもたぶん、今までで一番心臓が反応したのは、彼が素の笑顔を見せてくれた時だろう。言葉に表しにくい胸の痛みを感じて、一瞬でも呼吸が苦しくなった。

自分のそんな変化に戸惑いながらも、表面上はいつも通り淡々と頷いた。別に無理をして感情を隠しているわけではなく、リヴィエラの場合、感情が表に出にくい性質なのだ。

レイドリックもこれまでの共同生活でそれを理解してくれているのか、反応の薄いリヴィエラに対して特段なにも言及してこない。

馬車はやがて王都の西方にある劇場地区に入り、今夜の目的地である国王劇場《キング・シアター》に到着した。

先にレイドリックが馬車を降りると、自然な動作でエスコートしてくれる。何度か屋敷内デートを重ねた成果として、最初はぎこちなくそれに応えていたリヴィエラも、今では流れるように身を任せられるようになっていた。

劇場のアプローチには、リヴィエラたち以外にも多くの人が集まっている。

その流れに沿って歩を進めていくけれど、どうしてもリヴィエラの視線は下方へ落ちていってしまう。

そんな自分に嫌気が差しながら、ふと「ああ、だからか」と気付いたことがある。

自信に満ち溢《あふ》れた姿で胸を張り、堂々とした姿勢のレイドリックを綺麗だと思ったのは、自分がそうではないからだ。

自分ができない姿を見せてくれる彼に、憧れの気持ちが湧いたのだろう。

隣のレイドリックを盗み見る。やはり彼は毅然としていて、まっすぐ前を見つめる姿は惚れ惚れとする。

彼がリヴィエラの視線に気付いたらしく、目がぱっちりと合う。

彼が口角を上げ、艶めかしく笑った。

「あなたに魔法をかけてあげましょう。そのまま、私だけを見つめていてください」

突拍子のない言葉だったのに、あまりにも彼が自信満々の様子を見せるから、リヴィエラは目が離せなくなる。それでもレイドリックがしっかりとエスコートしてくれるので、躓《つまず》くことはなかった。

気付けば、いつのまにかボックス席に座っていた。

本当に魔法だ。馬車からここまでひとっ飛びしたような心地になる。魔法にかかっていた間は、人の視線なんて全然気にならなかった。

「ね、ここなら他人の視線も気にせずに、純粋に観劇を楽しめそうでしょう？」

リヴィエラはひとつ頷くと、前方に広がる劇場内へ目を移す。ボックス席は上階にあるため、眼下には大勢の人々が席に座って開演を待っている様子が窺えた。

今の期間この劇場で上演されているのは、『リシェルディの仮面舞踏会』という三幕構成のオペラらしい。なんでも女性に人気の演目なのだとか。

内容を先に知ってしまうとおもしろくないからという理由で、リヴィエラは予備知識なしで臨んでいる。

やがて開演時間になり、舞台はリシェルディの街で催された仮面舞踏会で、平民の女性と公爵が出会う場面から始まった。

互いの身分など知らぬふたりは、惹《ひ》かれ合い、仮面舞踏会で逢瀬を重ねる。

いつしか仮面を外して会いたいと願うようになり、その時は訪れた。

素顔を晒したふたりは愕然《がくぜん》とした。一方は公爵の身分を持つ尊い身であり、一方は彼の父親が遊びで捨てた女の娘だったからだ。

腹違いの兄妹であったと知り、ふたりは道ならぬ恋に苦しむ。

やがて、公爵は政略目的の婚約者と結婚する。

久方ぶりの仮面舞踏会で再会したふたりだったが、愛と憎しみに染まった彼女の手により、公爵は刺されてしまう。

そして彼女もまた、愛しい男の血の付いたナイフを自らの喉もとに突き立てて、その命を散らしたのだった——。

「これは悲劇であり、悲恋の物語です。この物語が女性に人気なのは、最終的に主人公ふたり共が来世こそはと願って殉ずるからでしょう」

演目が終わって拍手喝采が会場を埋め尽くす中、レイドリックがどこか冷めた眼差しで解説する。

なぜ来世で添い遂げようと誓って死んだことが人気に繋がるかわからなかったリヴィエラは、疑問をこぼして小首を傾げた。

するとレイドリックが吐息を吐くように微笑する。嘲笑でも呆れでもない、さらには一線を引いたものでもないそれに、目を瞬く。

言うなれば、共感のような、同意されたような、そんな微笑みだった。

「この演目が好きな女性は、来世を誓うほどの純愛が素敵なのだと口をそろえます。けれど、はたして相手を殺すほどの〝愛〟が、本当に純愛と呼べるものなのでしょうか。私にはわかりません」

そう言った彼は、次の瞬間には苦笑して。

「私が連れてきたのに、すみません。女性に人気な演目だったので、リヴィエラにもどうかと思ったんですが……正直、あなたが私と同じ疑問を感じてくれる人でよかった」

今の彼は、いったいどちらの彼なのだろう。

素の彼か。一線を引いた彼か。

口調だけ聞けば相変わらず距離を取られているのに、顔を見ればそこには親しみが滲んでいる。

「わた、しは……」

自分の両手をこすり合わせると、勇気を振り絞ってレイドリックの瞳を見つめた。

「わたしは、たとえ契約でも、あなたを大切にしたいと思っています」

この演目の主人公のように、彼を傷つけたいとは思わない。愛がなんだとかはわからないけれど、それだけは知っていてほしいと願いながら再度口にする。

「わたしは、あなたを、大切にします」

彼の瞳が大きく見開かれた。反射的になにか言葉を返そうとして、しかし返すべき言葉を見つけられなかったのか、ぐっと苦しそうに顔を歪《ゆが》ませる。

まるで今にも泣きだしそうな表情だと思ったのは、リヴィエラの気のせいだろうか。

見かけた知り合いに挨拶をしてくるから待っていてくださいと言い残して、彼は足早にボックス席を出ていったのだった。

＊

席を立ったレイドリックは、帰るために出口へ向かう観劇客の流れに逆らうようにして、早歩きで人気《ひとけ》のない場所を目指していた。

適当に死角になっていそうな隅で足を止めると、片手で額を押さえて、長いため息を吐きだす。

おそらく今の自分はひどい顔を晒しているに違いない。さっきも取り繕えなかった。

書類上の妻に『あなたを大切にしたい』と告げられて動揺するなんて、社交界きっての色男を演じるレイドリック・ウィンバートに相応しい反応ではなかった。

ただ、誰かにそう面と向かって告げられたのは、初めてだったのだ。

何人もの女性と知り合い、交流し、時には艶めいた駆け引きをすることだってあったけれど、誰もがレイドリックの愛を求めて手を伸ばし、好き勝手に乱していくだけだった。

まるで嵐のようなそれにいつから心が疲弊していたのか、自分でもわからない。

なにせ気付いたのは、ついさっきだ。自分でも笑ってしまうけれど、形だけの妻に『大切にします』と言われて初めて「ああ俺は大切にされていなかったのか」と気付いてしまった。

まあ、それも当然の話ではある。レイドリックだって相手を大切にはしてこなかった。あの演目の公爵のように、いつ刺されてもおかしくないことばかりしてきた。

いや、それは今もしている。

「あら、レイドリックじゃない。色男がそんなところで逢引でもしているのかしら？」

「違いますよ。ほら、私ひとりでしょう？　それよりご無沙汰しております、メイナール侯爵夫人」

人気《ひとけ》の少ないところを選びはしたが、さすがに無人ではなかったので知り合いに見つかってしまった。

突然声をかけてきた彼女は、レイドリックがこれまで行ってきた駆け引き相手のひとりである。彼女の夫であるメイナール侯爵は好色で、女性側が財産目当てとわかっていても美人であれば構わないという理由で今の夫人を迎えている。

年の差は二十と大きく、だからこそ、若い妻も若い男に飢えていた。

「あなた、結婚したそうね？　奥様はあなたの噂をご存じなのかしら？」

するりと腕を絡めてきた夫人が、艶然と微笑みながら扇で胸を小突いてくる。

鼻をつくきつい香水の香りも、今までは特に気にならなかった。

慣れというものは便利であり、非情だ。

以前は女性の強い香水の香りを気にすることなんてなかったのに、なにも付けなくても春の日差しのような香りがするリヴィエラに慣れてしまったらしく、今は耐えがたい苦痛をもたらしてくる。

「さあ？　妻は知らないんじゃないでしょうか」

「ふふ、かわいそう。あなたの奥様、辺境伯家の深窓のご令嬢なんでしょう？　あなたも悪い男ね。そんな純情な娘を誑《たぶら》かすなんて」

「誑かすなんて、人聞きが悪いですよ」

「ねえ。もうわたくしとは、遊んでくださらないのかしら？」

それが本題だろうなと、手を這《は》わせるようにして身体に触れてくる夫人を見下ろしながら思う。

彼女はプライドの高い女性だ。結局駆け引きをするだけして一度も味見のできなかった男が他の女のものになってしまったのが、おそらく許せないのだろう。

レイドリックは意識的に艶めいた笑みを浮かべながら、夫人の腰を強引に抱き寄せて耳もとで囁いた。

「あなたがリシェルディの仮面舞踏会のように踊ってくださるなら、その時は」

そんな日は来ないだろうと、内心で吐き捨てるように笑う。

ただ若く顔のいい男を侍らせて己の自尊心を満たしたいだけの夫人に、自分の人生を投げ打ってまでレイドリックを愛するような気概はないはずだ。レイドリックが離れていったところで、彼女はすぐに次の獲物《おとこ》を見つけるに違いない。

レイドリックも、もう夫人から得たいものはなにもなかった。

（最悪だ。香りが移った）

レイドリックは着ていたジャケットを脱ぐと、劇場内にいた関係者《スタッフ》に捨てておいてくれと頼んで渡す。

今までは女性の香水の香りが移ったところで、それが逆に他の女性の嫉妬心を煽《あお》る材料になるならと利用させてもらっていたが、今はそういう競争心を煽りたい女性なんていない。

それどころか、無意識に脳裏に浮かんだ顔に、彼女を進んで傷つけたくないと思ってしまう。

ずっと仕事一筋で生きてきた。

仕事のためならどんな手段も厭《いと》わなかった。

だからこそ。

――〝レイドリック様とデートできるなんて、自慢だわ〟

まるでアクセサリーのような扱いを受けたとしても。

――〝寂しいの。レイドリック様が慰めてくださらない？〟

都合のいいように扱われたとしても。

――〝レイドリック様はこんなことで怒りませんわよね。だって、いつも紳士的ですから〟

勝手な理想を押しつけられたとしても。

（平気だった。平気だったはずなんだよ）

大切にされなくても、自分が相手を大切にしていないのだから当然だと受け入れられていた――はずだったのだ。

なのに、今までと同じように大切にしていなかった彼女が、あんなことを口にするから。

（俺に、どうしろっていうんだ……っ）

行き場のない苛立《いらだ》ちと罪悪感のようなものを拳に乗せて、思い切り壁に叩きつけた。

＊

観劇の夜から、レイドリックの様子がおかしい。

そう話したリヴィエラに、ドレッサーの鏡越しにディナがあっけらかんと「気にしなくて大丈夫だと思いますよ」と言ってのけたのは、数日後のことである。

正確に言うと、レイドリックの様子がおかしいと感じたのは、劇を見終わって帰宅しようとなった時からだ。

一度席を外して戻ってきた彼は、羽織っていたジャケットをなぜか脱いでいて、シャツとウエストコートの上から外套を羽織ろうとするので『ジャケットはどうしたんですか』と訊ねたら、爽やかに『汚れたので』と答えてきた。

汚れたので、まさか捨てたのだろうか。

レイドリックの思い切った行動を訝《いぶか》しみながらも、リヴィエラが心配したのは風邪を引かないだろうかということだ。

「だんだん寒くなってきてるもの。もしかしてお風邪でも召されたのかしら」

だから様子がおかしいのだろうか。

「いいえ？　昨日もとても元気に仕事に行かれてましたよ」

「……それならいいけど」

風邪でないなら、この胸に巣くう違和感はなんなのだろうと内心で小首を傾げる。

具体的になにがおかしいと感じているかというと、あの一線を引いた笑みがぎこちなくなっているのだ。

そしていつも以上に視線を感じる。

あと、こっそりとため息をついているところを何度も見かけるようになった。

「まあまあリヴィエラ様。個人的にあれはいい変化だと思っておりますから、リヴィエラ様はなにも気になさることはありませんよ」

そもそも、とリヴィエラの髪を結いながらディナが続ける。

「今日はその若旦那様と外にデートに行かれるんですから。さすがの若旦那様も、体調が悪ければ中止になさるでしょう。でもその連絡がないのであれば、問題はないということです」

確かにディナの言う通りかもしれない。説得されたリヴィエラは目を伏せて了解を示した。

今はそのデートのための支度中なのだが、髪を結ってくれている最中に頭を動かすわけにはいかないと思ったから、目だけで返事をしたのだ。

「それよりわたしが心配なのは、リヴィエラ様ですよ。今日は街に出かけられるんですよね？お帽子はツバが大きいものにしますか？」

首を横に振って、大丈夫だと伝える。

「蜜月が明ければ、社交シーズンもすぐだわ。そろそろ段階を上げなきゃ」

リヴィエラが契約結婚した相手は、公爵家の跡取り息子である。

しかも本人は王太子の補佐官という肩書きを持っているため、社交シーズンが始まれば必ず王太子や国王夫妻に挨拶をしなければならない場面が訪れるだろう。

「でもいきなりツバなしは気後れしてしまうから、今日はツバの小さいものをお願いできる？」

「もちろんです。お任せください！」

そうして準備を整えたリヴィエラは、深呼吸してから私室を出た。

今日のデートは夫婦の仲が睦まじいことを周囲に見せつけるためのものだろうと勝手に解釈しているけれど、リヴィエラにとってはレイドリックと出かけられる数少ない機会のうちのひとつだ。

髪の問題もあるけれど、それを抜きにしても緊張している。

レイドリックが近くに寄っただけで鼓動が速まる謎もまだ解けていないうちに、一緒に出かけるのだと意識しただけでドキドキするようになってしまったのは、なんとも恐ろしい。

なぜならこの症状は、以前ラシェルが楽しそうに話していた内容と似通っているからだ。

（その人を思ってドキドキしたり、その人に会いたいと思ったり、一日中その人のことばかり考えてしまったり）

人はその症状を〝恋〟と呼ぶのだと。

（ラシェル。あなたがここにいたら、そうだと断言してくれたかしら）

もうすっかり覚えた廊下を辿り、玄関ホールに続く大階段までやってくる。そこは吹き抜けになっていて、一階の玄関ホールを見下ろせるようになっていた。

リヴィエラは階段を下りる前に、下で待つレイドリックの姿を見つける。

彼の隣にはミゲルがいて、何事かをふたりで話している。真剣な横顔はレイドリックがあまり見せようとしてくれない素の表情だ。

喉がギュッと痛んだのは、そんな彼に対する恨めしさからか、それとも彼に心を許してもらえない自分への不甲斐《ふがい》なさからか。

彼がふと顔を上げ、視線が絡み合う。胸が痛んだ弾みで我知らず足が前に出てしまい、身体がぐらりと傾いた。

「――リヴィエラっ！」

階段を踏み外したと気付いたのは、階段下にいたはずのレイドリックによって受け止められた後だった。

重力に従って落ちようとしていたリヴィエラの身体を、目にも留まらぬ速さで駆け上がってきた彼が受け止めてくれたらしい。

遅れて状況を察して、レイドリックを想う時とは別の意味で心臓が忙しなく暴れた。

「なにをしてるんだ！」

まだ衝撃冷めやらぬリヴィエラに、レイドリックの怒声が落ちてくる。

「よそ見をしながら階段を下りるなんて！　落ちて死んだらどうする！　君の危機管理能力はいったいどうなってるんだ⁉」

すごい勢いで捲し立てられてぽかんと呆《ほう》けていたら、いつかの時と同じように彼が我に返り、自分の口もとを手で押さえて顔ごと横を向いてしまった。

なんとも言えない沈黙が流れる。

これを破ったのは、リヴィエラ自身のくすくすと笑う声だった。

「すみません。次からは気を付けます」

「なんで笑って……」

だって、と心の中で呟いてから。

「旦那様が、怒ってくださったので」

「……は？」

訳がわからないと、レイドリックの顔が歪む。綺麗な顔に綺麗な笑みは乗っていない。それがたまらなく嬉しかった。

（やっぱりこれは、恋なのかしら）

だとすれば、なんて不毛な恋をしてしまったのだろう。

相手は契約夫だ。彼は本性を暴かれた後でも、頑なにリヴィエラに一線を引いた。

つまり彼の方は、一生リヴィエラに気を許すつもりはないのだろう。あくまで契約の相手という認識しか持っていない。

（政略結婚と同じね）

どちらも、どちらか片方が相手への恋情を持った時点で、破滅の道を歩む。

家庭教師の代わりに母から淑女教育を受けたリヴィエラは、そう教えられた。相手へ向ける気持ちの大きさに差があればあるほど、夫婦生活は瓦解しやすくなるのだと。むしろ互いに相手への気持ちがない方が案外うまくいくこともあるのだと。

その言葉通り、今まではなんの問題もなく仮初めの夫婦生活を送れていた。

――なら、この先はもう、破滅の道を辿るしかないのだろうか。

ぴくりと、笑っていたリヴィエラの顔が強張る。

「とにかく、怪我はありませんか？　足を捻《ひね》ったとか」

「あ、いえ」

そうですか、とレイドリックが肩から力を抜いた。リヴィエラをしっかり立たせると、手を取ってもといた階段の上までエスコートしてくれる。

近寄ってきたディナが、レイドリックが離れたタイミングを狙って大丈夫ですかと声をかけてくれた。それに心ここにあらずといった様子で問題ないことを返しながら、リヴィエラの瞳はレイドリックの背中を追う。

彼は呼び寄せたミゲルになにか指示を出している。ところどころ会話が聞こえてきて、盗み聞きはよくないと思いつつも、無意識に耳を澄ましてしまう。

「ああ、例の……中止だ。そう……ておいて」

「よろし……か？」

「いいよ。今……十分わかったから」

ミゲルが承知しましたと言って軽く腰を折り、足早にどこかへと行ってしまった。

レイドリックがリヴィエラを振り返る。

「今日のデートは、やめにしましょう」

「えぇっ」

非難の声をあげたのはディナだ。

レイドリックが続ける。

「万が一足を挫《くじ》いていたら大変でしょう？　一日様子を見た方がいいです」

彼の瞳をジッと見つめると、彼もまた逸らさずに見返してきた。

見つめたぶんだけ彼の考えが覗けたらいいのに、夜を映す藍色の瞳は闇に覆われていて、真実を覗かせてはくれない。

先に諦めたのは、リヴィエラの方だった。

黄色と白の生地が織り重なったドレスのスカート部分を摘まみ、軽く腰を落とす。

「わかりました。では、わたしは下がらせていただきます。先ほどは助けていただきありがとうございました」

気持ちが萎《しぼ》んでいくのがわかる。思ったよりも彼とのデートを楽しみにしていたらしいと知り、このモヤついた気持ちの置き所に困ってしまった。

なにか言いたそうなディナを連れて踵《きびす》を返そうとしたリヴィエラの耳に、遠慮がちな声が届く。

「私も、怒鳴ってすみませんでした。似合ってます、そのドレス」

取ってつけたような感想に、心がさらに冷え込んだ。

小さく会釈だけして、リヴィエラは自室へと戻っていったのだった。


部屋に戻ってから荒れたのは、リヴィエラではなくディナである。

「信じられません！　リヴィエラ様がどれだけ勇気を出して、楽しみにしていらしたかも知らないで！　若旦那様の甲斐性なし！」

仮にも彼女の主人なのだが、そんな大きな声で罵倒して大丈夫なのだろうか。内心でハラハラする。

「ありがとう、ディナ。わたしなら大丈夫よ」

「ですが……」

「少し、考えたいの」

だからというわけではないけれど、しばらくひとりにしてほしいとお願いした。

ディナは心配そうに曇らせていた顔をさらに暗くし、受け入れていいものか逡巡《しゅんじゅん》しているようだ。

「大丈夫。ただ仮眠を取るだけだから」

そこまで言われてしまったら断れないと思ったのか、ディナは「かしこまりました」と答えると、何度もリヴィエラを振り返りながら部屋を後にした。

そんな彼女の優しさに感謝しながら、リヴィエラはソファに座ったまま瞼を閉じる。

仮眠を取るといっても、ベッドは寝室にしかない。そして寝室は夫婦共用だ。今は誰とも会わずにひとりで静かに考えたい。

そうして意識の底で、リヴィエラは自分の状況を振り返ってみた。

リヴィエラの当初の目的は、実家を出ることだった。優しい家族の負担になりたくはなかったからだ。

そんな時にリヴィエラの実家であるレインズワース辺境伯家と繋がりを持ちたがっていたレイドリックに求婚された。

利害が一致したふたりは、婚姻という名の契約関係を結ぶ。

あとは離婚の条件に当てはまらないように、この仮初めの結婚生活を長く続けることがリヴィエラの目的となった。

けれど、その契約相手に特別な感情を抱いてしまった。

離婚条件五「精神的な不貞行為が認められたとき」というのは、つまり本当に好きな人ができた時に離婚できるよう定めたものだ。

この条件を提案した時のリヴィエラは、自分のせいで誰かが――この場合はレイドリックが――不幸になるのだけは避けたかった。

結婚したとはいえ、自分と彼は契約の関係にすぎない。そんなもののために愛する人との幸せな未来を諦めてほしくはなかった。

自分には一生手に入らないような幸せだったからこそ、赤髪を受け入れてくれた彼には自分の分まで幸せになってほしかったのだ。

当時は恩人に対する気持ちだったのが、今では変わってしまった。

リヴィエラのこの想いは、ある意味で条件五に当てはまるのではないか。

リヴィエラを契約の相手としか思っていない彼に対する、ある種の裏切りではないのか。

ゆえに、彼の幸せを祈るならば、早めに身を引くべきなのではないか。

（こんな時、ラシェルがいてくれたら相談できたのに）

彼女は辺境の地にいる。リヴィエラが結婚し、王都に引っ越す際、笑顔で見送ってくれた。

あれから頻度は少ないものの、手紙のやり取りはしている。といっても、公爵家に送られてくる手紙はセキュリティの面から検閲が入っているらしく、今リヴィエラが抱えている悩みを手紙に書くことはできないだろう。リヴィエラがそれに気付いたのは、手紙に開封された跡が残っていたからだ。

（最初と変わったのは、わたし）

では、変わる前に戻ればいい。

それがリヴィエラの思いつく今後の対処法だ。

リヴィエラはやはりまだ、この婚姻を続けていたい。出戻るわけにはいかないからだ。この赤い髪を受け入れてくれる貴重な貴族なんて、きっともう二度と現れない。

自分の想いさえ封じてしまえばこの生活はうまくいく。それなら、今後自分がどういう態度でいるべきかなんて明白だった。

諦めるのは慣れている。

自分のせいであるのも慣れている。

閉じていた瞼を、強い意思でもって押し上げた。

ベルを鳴らしてディナを呼び戻すと、リヴィエラはさっそく動き始めたのだった。

＊

翌日、リヴィエラは昨日の再戦に挑むように街へと繰りだしていた。

けれど隣にいるのはレイドリックではなく、ディナである。彼は仕事だし、そうでなくともお願いするつもりはなかった。

なぜならこれは、リヴィエラが引きこもりから脱却するリハビリの一環だからだ。レイドリックとの婚姻をこれまで通り続けるために必要なことだった。

昨日と同じツバの浅い帽子を被り、高級ブティックの並ぶ通りを歩く。さすがに道行く人々の視線が痛い。

他国からの観光客とは違い、彼らはこの国で生まれ、寝かしつけに伝説を聞いて育った、王族に忠誠を誓う生粋の貴族たちである。赤い髪の女が歩いていれば二度見くらいはするだろう。

ひそひそと聞こえてくる囁き声は、意味こそ聞き取れないものの、おそらくリヴィエラの髪について話しているのだろうなという雰囲気が伝わってくる。幼少の頃からこういう悪い勘だけは鋭かった。

歩くたびに俯きそうになる顔を、しかし気合で留める。

リヴィエラが憧れたのは、威風堂々と胸を張り、自信に満ちた眼差しで闊歩《かっぽ》する姿だ。

(旦那様の隣に並んでも、俯かないように)

ふう、と緊張の息を吐く。汗の滲んだ手を握りしめて、肩甲骨を意識的に引き寄せた。

周囲が気になって顔を俯けてしまいそうになるのなら、文字通り前だけを見据えればいい。

結婚式でレイドリックの隣に並んだ時、横から盗み見た彼はまっすぐと前を見つめていて、その姿が凛としていて美しかった。

自分も、あんな風になりたい――……。

(あら?)

そうして周囲を意識の外へやって前だけを見つめてみたら、この道はこんなに広かっただろうかと目を瞬く。

先が見えないくらいどこまでも遠くに延びていて、実家で読んだ小説の一節のように、まだ見ぬ冒険が始まりそうな雰囲気に満ちている。

どれだけ見つめても代わり映えのしなかった地面とは、全然違う。景色は鮮やかで、視界は晴れやかで、まさに視野が広がったように感じる。

自分の視界の範囲はどこを見たって同じはずなのに、レイドリックを真似て顔を上げただけで、こんなにも目に映る光景が違う。

(旦那様は、これを見ていたのね)

なぜだろう。彼と同じものを見ていると思うだけで、心がだんだんと弾んでくる。わくわくする。こんな感情を抱くのはいつぶりだろうか。

「リヴィエラ様、楽しそうですね。わたし、なんだか安心しました」

不意にディナの声が聞こえて、そちらへ視線を移す。自覚はなかったけれど、自分は今確かに楽しいと感じている。もっと彼の見ているものを見てみたいと、心がうずうずしている。

「ディナ、こういうところで、旦那様はいつもどこに出かけるか知ってる？」

「若旦那様ですか？　そうですねー、わたしはミゲルみたいに常におそばにいたわけじゃないので詳しくはないですけど、確かよく本屋には行くみたいですよ。あと酒場とか。そういえば変装用の服は街で買うって言ってましたね」

「本屋に酒場に服飾店ね。わかったわ、行きましょう」

「えっ、行く？　行くって……行くんですか⁉」

せっかくならレイドリックが普段行く店に行ってみたい。彼がこの街でどういう風に暮らしてきたのか知りたい。

そう思って足を踏みだしたら、ディナが慌てた様子で隣に並んだ。

「待ってください。本屋ならまだしも、酒場はいけません！　あそこは治安が悪いですから」

「そうなの？　でも旦那様は……」

「若旦那様はただの情ほ――ええっと、仕事ですからっ」

「じゃあ本屋に行ってみたいわ」

すると、ディナが諦めたように微笑む。

「わかりました。そんな楽しそうなお顔をされたら断れません。ご案内します」

ディナが連れてきてくれた本屋は、大衆向けの本というより専門書を扱う店だった。店内はこぢんまりとしていて、紙の匂いが充満している。

通路だって人がすれ違えるか微妙なほど狭いけれど、高く並べられた本をレイドリックが真剣な表情で吟味している姿を想像すれば、この場所が特別なものに映った。

「難しい本ばかり。旦那様は勉強家なのね」

「そうですね。知識はあるに越したことはないと言う人ですから。様々な人を相手にするぶん、相手からどんな話題を振られても対応できるように時間を見つけては読んでおられるようですよ」

「そう……」

あの柔和な笑みの裏に、そんな努力があったなんて知らなかった。彼との会話が楽しい理由がわかった気がする。

彼はどんな話題にもついてきてくれるのだ。たとえば結婚前にどんな生活を送っていたのか訊ねられた時は、ほとんどラシェルと遊んだ時の話をしたが、彼女が商人である父親と訪れたというどの国の話を出しても、彼が知らないことはなかった。

打てば響く会話というのは、まさに彼と話す時のことを言うのだろうと思う。

本屋を出ると、リヴィエラは次にレイドリックの通う服飾店にも行っておこうと決める。

「リヴィエラ様、もしかして……」

まるで嫌な予感を覚えたように恐る恐る聞いてくるディナに気付かず、リヴィエラは「ええ」と曖昧な返事をしながら左右に視線を振った。

「服飾店はどっちかしら」

「やっぱりそうなります？　行くんですか？」

「行きたいわ」

自分の中にこんな行動力があったなんて、自分でも驚きである。

でも、心の中に生まれてしまったこの衝動に、せっかくだから素直に従ってみたい気持ちがあった。

もっとレイドリックのことを知れたなら、自分もなにか変われるような気がして。

「わたし、もっと旦那様に――」

「レイドリック様！」

その時、可憐な声で自分の夫の名前を呼ぶ声を聞いてしまい、反射的に身を強張らせる。

瞳すら動かせないリヴィエラと違い、同じく声に気付いたディナはある方向を見つめたまま愕然としていた。彼女の様子からいいものでない光景がその先にあるのは自明なのに、リヴィエラの意思に反して首は徐々に動いていく。

そこは宝石店だった。店のガラス窓の前で、男女がふたり、ケースに収まっている宝石付きのアクセサリーを見て楽しそうに会話をしている。

見間違いでなければ、男の方はレイドリックだ。

いや、彼を見間違えるはずがない。その堂々とした美しい佇まいは、リヴィエラが憧れたものので相違ない。

そして、その隣に並ぶ女性は――。

「ラシェル、君は意地悪だね。他の男の色を私に買わせるのかい？」

「でもこれが綺麗なんだもの」

「まったく、悪い子だ。私のアンブローズへの嫉妬心を煽るなんて」

「もうっ、違うってば。貴族はそういうルール？みたいなのがあるみたいだけど、わたしは貴族のお上品なお嬢様方とは違うのよ。似合う色を身につけたいの。だから、ね？　おそろいで買って、レイドリック様」

ラシェルのあんな風に甘える声を、リヴィエラは今まで一度も聞いたことがない。

あんな風に男性にすり寄る姿を、今まで一度も見たことはない。

（なんで……）

傍から見れば、ふたりはどう見ても恋人同士だった。

（なんでふたりが……。どうして、ラシェルが王都《ここ》に……？）

一応変装のつもりなのか、レイドリックは眼鏡をかけて、髪型もいつもと違って前髪を下ろしていたけれど、一緒に住んでいるリヴィエラには見慣れた姿だ。

ラシェルは自慢の胸を押しつけるようにレイドリックの手を握り、レイドリックはそれを受け入れている。

ふたりが宝石店へと入っていく。金縛りにあったように目が離せない。

「……ラ様、リヴィエラ様っ！」

「――っ」

身体を大きく揺すられて初めて、リヴィエラはやっと金縛りから解放された。

ディナの瞳の中に、今にも泣きだしてしまいそうな自分を認めて息を呑む。

「リヴィエラ様、違います。違うんです！　あれは……あれはっ――」

必死になにか伝えようとしてくれているディナだが、フォローする言葉が浮かんでこなかったのか、言葉尻は萎み、果ては悔しそうに唇を噛《か》んで黙り込んでしまった。

自分より取り乱す人を見てしまったからだろうか。ふたりを見た瞬間の衝撃はいつのまにかおさまり、いくらか冷静さを取り戻す。

ただ、そこからどうやってタウンハウスに帰ったかは、覚えていなかった。

第三章　手遅れの嫉妬

友人と夫の密会現場を目にしてから、数日。

あれからのリヴィエラは、悶々《もんもん》と悩む日々を送っていた。

いつからふたりの関係が始まっていたのか、あの日見たのは本当にふたりだったのか。

でもやはりリヴィエラがたったひとりの友人と自分の夫を見間違えるわけがないので、だとするなら、ふたりの関係を知ってしまった自分はどうすべきなのか。

これは、リヴィエラがレイドリックへの想いを自覚した時とは訳が違う。

あの時はリヴィエラさえ想いを隠せばうまくいくと思った。

けれど今回は自分ではなく、レイドリックの心が他に向いていると気付いてしまった。

この状況はまさに、リヴィエラが契約書を作成する時に懸念したものである。

つまり、リヴィエラが取るべき行動はあの時から決まっているというわけだ。

「――旦那様、離婚の条件がそろいました。つきましては、こちらの離縁状にご署名をお願いいたします」

リヴィエラはそう言って、ついに離婚を切りだした。

レイドリックの休みを狙って、話があると事前に約束を取りつけた上で臨んだ日である。

リヴィエラからの申し出だったのでレイドリックの部屋を訪ねる予定だったのだが、それより先に彼がわざわざリヴィエラの部屋に足を運んでくれた。

ディナにも部屋から退室してもらって、この場には仮初めの夫婦ふたりしかいない。

リヴィエラは決心が鈍らないよう開口一番に自分の意思を伝えたのだが、伝えられた側のレイドリックはしばし固まって動かなくなってしまった。

彼の脳の処理が追いつくまで待っていると、ようやく彼が口を開く。

「ちょっと、待ってください。どの条件が当てはまったのか、まったく……」

まるで青天の霹靂《へきれき》に直面したような反応だ。

それも仕方ないのかもしれない。彼はあの日にリヴィエラが目撃した事実を知らないのだから。

リヴィエラ自身も伝えなかったし、ディナには目撃した件を彼には言わないようにと口止めしていた。

なぜ自分が咄嗟にそうお願いしたのか、リヴィエラ自身にも実はわかっていない。彼にその話をして、彼の口から真実を聞くのが怖かったのか、言い訳されるのを嫌ったのか、単にまだ自分があの光景を受け止めきれていなかったのか……。

けれど、数日経った今は違う。

もともと自分たちが契約の関係であることを思い出し、本命ができたら別れると条件を付けたのは他でもない自分ではないかと自嘲し、その時が来ただけなのだと思い直した。

「当てはまるのは、条件五及び六です」

「五と六？　──まさか、本命ができたんですか？」

リヴィエラは頷いた。

レイドリックが焦ったように続ける。

「誰ですか。ほとんど屋敷から出なかったでしょうに、いつのまにそんな相手が？　家を出たがっていたあなたの方から切りだしたということは、その男と結婚の算段まで整っているんですか？　この短期間で？」

口調はいつもの彼なのに、その眼差しは怒りを帯びていた。まるでリヴィエラに本命ができたかのような発言に、リヴィエラは内心で首を傾げる。

ここで彼が怒る理由も見当がつかなかった。

しかし、人から負の感情をぶつけられることに慣れているリヴィエラは、特に怯《ひる》みもせず疑問を返す。

「わたしではありません。本命ができたのは、旦那様の方ですよね？」

「……私に？」

条件五は、本命ができたらというものだ。そして六は、その他重要な問題が発生し、婚姻生活が継続困難となった場合を定めている。

リヴィエラが六も適用したのは、リヴィエラの心情的に継続困難である問題が発生したからだ。それは、レイドリックの相手がリヴィエラにとって大切な友人だったから。

リヴィエラの輿入《こしい》れの時に笑顔で見送ってくれたはずの友人が、なぜ王都にいるのかは知らない。なぜ友人《リヴィエラ》の夫に手を出したのかもわからない。

ただ、リヴィエラは諦めることに慣れすぎてしまっていた。自分が選ばれないことにも慣れすぎてしまっていた。

そもそも真実愛し合うふたりを本当に邪魔しているのは、リヴィエラの方なのだ。

ラシェルから王都にいることさえ手紙で教えてもらえなかった悲しみはあるけれど、思いのほか怒りはない。

「それこそ意味がわかりません。私に本命？　なにか誤解があります」

「ラシェル・ミリング」

名を出した刹那、レイドリックの瞳がわずかに揺れた。

あまりにも些細な変化だったが、リヴィエラはレイドリックを注視していたため見逃さなかった。

「先週、おふたりが宝石店に入っていくところを見ました。ラシェルはわたしの友人です。六に当てはまると思います」

「違う！　あれはっ」

あれは……と彼がもう一度言い募るけれど、その続きは発しない。ディナといい、レイドリックといい、別に弁明する必要も取り繕う必要もないのにと、自分の意思に反して痛む胸をやり過ごす。

こういう時のための『離婚の条件』なのだから。

「旦那様、どうぞこちらにご署名を。レインズワース家の貿易事業については心配なさらないでください。たとえ離縁したとしても、父には手紙で執り成しておきますから」

ふたりの間を隔てるテーブルに置いた離縁状には、すでにリヴィエラの署名が入っている。

それをレイドリックの方へすっと差しだした。

彼は膝の上で握り拳を作り、険しい表情で離縁状を睨《にら》んでいる。

なかなか手を伸ばそうとしない彼に、リヴィエラはどうしたものかと困り果てた。

すると、彼がぽそりと呟く。

「時間を、くれませんか」

なんのための時間だろうと、戸惑いから眉根を寄せた。

「どうかお願いします、リヴィエラ」

そう言って彼が頭を下げたので、リヴィエラは思わず腰を浮かしてしまった。

今までリヴィエラにこんな態度を取る人はいなかった。リヴィエラに「髪を切れ」だったり、罪をなすりつけてきて「おまえが謝ってこい」と命令したりしてくる人はいたけれど、こんな丁寧にお願いをされたのは初めてだ。

「わ、わかりました。確かに旦那様からすれば急ですし、しばらく待ちます」

ホッと安堵の息を吐いて、レイドリックが顔を上げる。

かなり勇気を出して今日という日に挑んだのだが、結局出鼻を挫かれてしまったようだ。

＊

リヴィエラから離婚の申し出を受けたレイドリックは、その足で職場である王宮へ登城していた。

レイドリックの表向きの肩書きは『王室秘書室補佐官』だ。そのため、王太子であるアンブローズの執務室に隣接する秘書室へまず赴くと、王太子の執務室に繋がる室内扉を叩き名前を告げる。

「どうぞ」

応える声があったので入室すると、王太子であり従兄弟でもあるアンブローズが書類から目を離さずに言う。

「おまえがここに来るなんて珍しいじゃないか。作戦実行中は喧嘩《けんか》のふりをするんじゃなかったか？」

「問題ないさ。恋敵との対決に挑むような表情《かお》で来たから」

「はは、それどんな顔――」

と、笑いながらようやく書類から目を離したアンブローズが青い瞳をぎょっとさせた。

「こんな顔だけど、文句でも？」

「お、おう……なにかあった？」

アンブローズは椅子から立ち上がると、応接用のソファへ移動する。テーブルには休憩した時の名残だろう、ひとり分のティーセットが置きっぱなしになっていた。

ふたりきりの時は『従兄弟』として接してほしいと言われている通り、レイドリックも遠慮なく対面のソファに腰かけた。

「例の件」

「問題でも発生したか？　ついこの前は順調って言ってたのに」

「問題は発生してない。してない、が、してる」

「え？　どっち？」

説明しろと言外に促されて、レイドリックは前髪をかき上げた。

「見られた。リヴィエラに」

「えっ」

「離縁状を突きつけられた」

「うわぁ……」

口もとに手をやって他人事のように反応するアンブローズに、レイドリックは苛立ちを露わにする。

「俺は自分の報告は済ませた。あとはアンブローズだ。まだなのか？」

「なに、こわ。八つ当たりか？」

「仕事が遅い上司への正当な怒りだ」

アンブローズがばつの悪そうな顔で目線を横に逃がした。

ふたりは従兄弟だが、似ているところを探す方が難しいくらいに似ていない。アンブローズの短い髪は高級感のある銀色だし、瞳も晴天のような明るめの碧眼《へきがん》だ。

そして性格も異なる。見た目からアンブローズの方が真面目な印象を人に与えるが、本当に真面目なのはレイドリックの方だ。学生時代からアンブローズの片腕として働き、国のためなら多少の汚れ仕事もやってのける。

「見た目はどう見ても遊んでるのになぁ、おまえ。百戦錬磨の男って感じで」

「真面目そうなアンブローズの方が遊んでるのを、俺は周りに言いふらしたいよ」

「待て、語弊がある。俺は書類仕事から逃げてるだけだ。女性関係は潔癖だぞ」

その潔癖のせいで、とレイドリックはテーブルを指先で叩いた。

「作戦が長引いてる。当初の予定では前回の夜会で仕掛ける予定だった。誰のせいで遅れてると思ってる？」

アンブローズが喉に言葉を詰まらせる。分が悪いと思ったのか、肩を縮こまらせた。

王太子に対してここまであけすけに物を言えるのもレイドリックくらいだろう。

「俺のせいなのは悪いと思ってるけど、あれはタイミングが重要なんだ。わかるだろ？　まだその時じゃない」

わかりたくはないが、確かにその通りなので無言を返す。

「おまえがそんな風になるって……もしかして、羊毛を刈りにいったつもりが逆に刈り取られでもしたか？」

冗談のつもりで口にしたのか、アンブローズの口端はおもしろがるように上がっていた。

彼が口にしたその喩《たと》えは、本来の目的を達成しようとした者が、逆の立場になって達成できなくなった時に使うものだ。つまりアンブローズは、惚れさせようとしたレイドリックの方が逆に惚れてしまったのか？と冗談半分に揶揄っているわけである。

けれど。

「そうだよ。たぶん刈り取られた。でないと説明がつかない」

アンブローズの言う『もしかして』の状況に、間違いなく陥っている。

彼女を傷つけたくないと思ったのも、大切にしたいと言われて胸が苦しくなったのも、階段から落ちそうになった彼女を見て肝が冷えたのも、全部、全部、腑に落ちる答えはひとつしかない。

なんて滑稽な話だろうか。

隙を与えても尻尾を出さない彼女をさらに見極めるため、デートと称して観察したり、ぼろが出ないか試してみたり、あわよくば自分《レイドリック》に惚れてくれたら楽なのにと思って仕掛けてみたりしたのに、そのどれもが空振りで、結局レイドリックの方が落とされてしまったのだから。

彼女に離婚を切りだされ、取り繕えずに呆然としたのだって、そもそもそれでここに文句を言いに来ている時点で彼女を特別に想っている証拠なのだ。

「ほ、本気か？　本気なのか？　おまえが？」

アンブローズが驚くのも無理はない。アンブローズの片腕として辣腕をふるってきたレイドリックは、それ以外のなにかに本気になった例《ためし》がない。

本気で誰かを好きになったことも、本気でなにかに興味を持ったことも、一度だってない。

それは公爵家の後継者として幼い頃から汚い大人の世界を見て育ったために、夢も希望も抱けない少年時代を過ごしたのが原因だ。自分に対する世間の評価とは裏腹に、冷めた子どもだった自覚もある。

「俺だって信じられないさ。自分の愚かさに死にそうなんだ」

「生きろ。恋くらい別にいいじゃないか。学生時代に甘酸っぱい思い出のひとつもないんだから、いい経験に……」

アンブローズのふざけた言葉を遮るために睨みつけた。

「なるわけないだろ。甘酸っぱい？　寝言を言う君の口に俺の心を突っ込んでやろうか。苦味で永遠の眠りにつけるかもね。そもそも誰のせいで板挟みになってると思ってるんだ？」

「そうだよな、悪い――って俺じゃないぞ!?　諸悪の根源は俺じゃないからな！」

諸悪の根源が何者かは最近判明したので、レイドリックもそこは言及しなかった。アンブローズの手際が悪いのは間違いないけれど、そもそも諸悪の根源が仕掛けてこなければこんなことにはなっていなかったのだ。

（いや、そうなると彼女とも会えてなかったのか）

それを思うと、なんとも複雑な心境になる。

最初はただの捜査対象者だったのに。

レインズワース家の深窓の令嬢は、社交界では有名だ。伝説の悪い魔女と同じ色の髪を持ち、デビュタントに参加して以降一度も夜会などには出席しなかったが、ある時から仮面舞踏会にだけは現れるようになった。

そこでは特徴的な髪色を染めていたのか、最初は誰も彼女に気付かなかった。

しかし唯一全参加者を知る主催者側から噂が漏れ、彼女も毎回同じ仮面で参加するものだから、次第に周囲もその正体を認知するようになっていった。

噂の深窓のご令嬢におもしろがって近付いた男たちが、レイドリックの最初の捜査対象者だった。というより、男たちを調べていたら、全員に共通する人物が浮かび上がってきたのである。それがリヴィエラ・レインズワースだった。

そこでレイドリックは彼女のことも調べ始めたが、重度の引きこもりのようで、仮面舞踏会以外ではなかなか外に出てこない。だからこそ調べるのはとにかく骨が折れた。

アンブローズの権力を使って王宮に呼びだすのは簡単だが、それでは真実に辿り着く前に相手に警戒されてしまう。もし彼女が〝クロ〟ならなおさらだろう。

そこで苦肉の策としてアンブローズが提案してきたのが、結婚である。

どのみちどこかの令嬢と政略結婚させられるだろうと思っていたレイドリックは、自分の結婚が国の道具にされようが頓着しなかった。父によって家の道具にされるか、王太子によって国の道具にされるか、どちらであろうと大差ないと思ったのだ。

王太子からの勅命であれば反対はしないだろうと思った通り、父もすんなりと許してくれた。

そもそもの話、レインズワース家は国境を任されている優秀な家門だ。繋がっておいて損はない家である。まあ、リヴィエラには馬鹿正直に真の目的を告げられるわけもないので、適当に貿易事業の話を持ちだしたけれど。

そうしてようやく彼女を箱庭から連れだせたわけだが、蓋を開けて驚いた。こんなにまっさらで素直な令嬢が、この世に存在していたのかと。

赤髪なんてただ髪が赤いだけだ。それよりもレイドリックにとって重要なのは、人間性だった。そんな考えに至るほど理不尽で汚い世界ばかり見てきたからだ。

アンブローズだって赤髪については『伝説とかいつの時代の話だよ。俺生まれてないから事実なんて知らないし。あれって王族への単なるパフォーマンスだろ？』とあっけらかんと言い放ち、もし気に入ったらそのまま本当に夫婦になっちゃえよと阿呆《あほう》なことを言いだしたくらいだ。

彼女は容姿のせいで散々な幼少期を送ったらしいのに、彼女の扱う言葉は虐げられてきたとは思えないほどに純真だった。

世間を知らない分すれていなくて、容姿で苦労した分ひとりひとりの内面ときちんと向き合ってくれる。

見た目に騙されてくれない彼女を『補佐官』の自分は扱いにくく感じるのに、『レイドリック・ウィンバート』としてはある種の感動を覚えて胸が震えた。

もうその時から、彼女に羊毛を――心を、刈り取られてしまったのだろう。

「わかった、レイドリック」

それでもまだ彼女に自分の正体を明かせないジレンマをどうすべきかと思案していた時、アンブローズが得心したように真剣な目を向けてきた。

彼は自分の膝に肘を置いて、口もとを隠すように両手を合わせる。

「ここはもう、泣き落とし作戦でいこう」

「…………」

「おまえの正体はまだ明かせない。こちらの動きも悟らせるわけにはいかない。しかし離縁はしたくない。となると、もう手はひとつしかない」

もったいぶるように間を置いて、アンブローズが続けた。

「作戦決行まで離縁されないよう、必死に口説け。おまえならできる。今まで何人もの女性を落としてきたおまえなら、やれる！　ファイト！」

「自分が無茶を言ってるってわかってる？　誤解を与えたまま口説けって？　最低だね」

「誤解をやんわり解くのは許そう」

やんわりってなんだ、と目の前の男の頭を叩《はた》きたい衝動に駆られる。今なら誰も見ていないから不敬罪にも問われないだろうと若干本気で考えていると、アンブローズがおもむろに腰を上げた。

訝しみながらその挙動を目で追う。秘書室に繋がる扉を開け、そこで誰かと会話を始めた。どうやら水を入れた水差しを所望しているらしい。話してばかりで喉でも渇いたのかと呑気な思考をした自分を、レイドリックは後から大いに悔やんだ。

なぜなら、水差しを受け取ったアンブローズが、レイドリックの背後からその中身を浴びせてきたからである。

「――!?　アンブローズ、なにをっ」

「よし、そのまま歩いて帰れ」

「はあ？」

本気で意味がわからず、怒気を全身から立ち上らせた。

「いいか、筋書きはこうだ。妻から離縁を切りだされて、おまえは初めて本当に大切な人が誰か気付いた。そこで不倫相手に別れを告げたら、逆上されて水をぶっかけられた。女性は弱った男に母性本能がくすぐられるらしい。指南書で読んだ。情けない姿でもう一度縋りつけば、きっと絆《ほだ》されてくれる。おまえの見た目なら特に！」

開いた口が塞がらないとはまさにこのことだろう。もはやどこから突っ込めばいいのか、レイドリックには考えるのも億劫だった。

怒りが一周すると、人は逆に冷静になれるものらしい。

「アンブローズ」

「なんだ、妙案すぎて感動したか？　さすがに酒はやめておいたけど、そっちの方が演出的によければ用意させるぞ」

「いや、それには及ばないし、だから作戦が順調にいかないのかって、身に沁みて理解したよ」

あとさ、と力なく続ける。

「不倫相手って言わないでくれる。仕事じゃないなら関わりたくもないんだ、あんな人間」

「そ、そうか。訂正するよ」

はあああ、とレイドリックは長く深くため息をついた。

怒鳴る気力も湧いてこない。これ以上会話するのも疲れた。

そんな常にないレイドリックの様子に戸惑いを覚えたのか、アンブローズの目がやたらと泳いでいる。

すべてが面倒になったレイドリックは、退室の挨拶もそこそこに来た道を戻るように屋敷へ帰っていった。

当然、歩かずに馬車でだ。

王太子の執務室からびしょ濡れで出てきたレイドリックに、同僚たちが固唾を呑んでいたのには気付いている。それを見てちょうどいい誤解の種を蒔《ま》けたと、この時のレイドリックはアンブローズによる怪我の功名を一応褒めておき、自身への仕打ちに対する溜飲《りゅういん》を下げた。

これでますます周囲は、アンブローズとレイドリックが対立しているという認識を深めるだろう。

――が、その代償として次の日、レイドリックは風邪を引いた。

（アンブローズあいつ、覚えてろよ）

風邪を引いた原因である従兄弟に心の中で悪態をつきながら、レイドリックは自宅の客室のベッド上で熱にうなされていた。

もう間もなく社交シーズンが始まるのだ。つまり季節は冬の到来を控えており、びしょ濡れの状態で帰宅すれば風邪も引く。

客室のベッドで寝ているのは、自分のベッドが夫婦共用のものしかないからだ。間違ってもリヴィエラにうつすわけにはいかない。

それに、離婚を切りだされて呆けるような情けない姿を見せてしまった彼女に、これ以上の失態を晒したくもなかった。

だからレイドリックは、今日も仕事に行くふりをして、実際は客室にUターンしてきた。

（久々に、しんどい）

従者のミゲルは状況を知っているので、医者の手配などはすべて任せている。

顔は熱を発しているように火照っている気がするのに、身体の芯は隙間風を浴びているように寒くて仕方ない。

まだリヴィエラになんと言って離婚を考え直してもらうかなにも浮かんでいないのに、逡巡しようとするそばから思考が解《ほど》けていってしまって、正直、目を開けるのも辛い。

カチャリと、部屋の扉が遠慮がちに開く音がした。

誰かが入ってきたのはわかったが、目を開けようとはしなかった。面倒だったのと、どうせミゲルか医者だろうと踏んだからだ。

ちゃぷ、と水の揺れる音がそばでする。なにかをサイドテーブルに置く音と、布を浸して絞るような音も。

「にゃあ～」

「な～」

猫の声がした。鳴き声からして一匹ではない。思わず口端から笑みをこぼす。

「おまえは、ほんとに好かれるね」

入ってきたのはミゲルのようだと、猫が一緒にいることで判断した。

動物は人間の見た目など気にしない。人の心がわかるのではないかと疑ってしまうくらい、公爵家の猫たちは心優しい人間によく懐く。

それに、飼い主の心模様にも敏感だ。幼い頃からレイドリックが落ち込んだ時や寂しい時に限ってそばに寄ってくるのだから。

「ミゲル、彼女は？」

額に心地いい冷たさのタオルがのせられて、ホッと息を吐きだした。

「リヴィエラに、うつして、ないよな？」

レイドリックの熱が上がったのは今朝である。昨夜は彼女と同じベッドで眠ってしまった。

ずっと気がかりだったので訊ねてみたが、なかなか返事が戻ってこない。

不思議に思って薄く目を開けようとしたら、その前にやっと答えが返ってきた。

「大丈夫、です」

ならいい。そう口にしたつもりだったけれど、たぶん音にはならなかった。

今回の風邪はだいぶタチが悪いようだ。なぜかミゲルの声がリヴィエラの声に聞こえたのだから。幻聴が聞こえるほど彼女のことばかり考えてしまっている自分に嘲笑が漏れる。

ずっと仰向けで寝ているのがしんどくなってきて、ミゲルに背中を向けるように少しだけ寝返りを打った。

ベッドの上に飛び乗ってきた猫が目の前で丸くなる。そのふさふさとした毛に触れると、不思議と安心した。温かい。

「ごめ……ね、……エラ。……なんだ」

なにを口走ったのか、もう自分でも判然としなかった。

＊

客室から退室した後、リヴィエラはよろけながら数歩進むと、壁に左肩を押しつけるようにしてもたれ込んだ。胸がズキズキと疼《うず》いて、その痛みをこらえるように服の上から手を当てる。

客室の扉は完全に閉め切らなかった。本当は閉めたかったけれど、猫たちが一緒に出てくれなさそうだったから隙間だけは開けておいたのだ。無理に部屋から出そうとして、寝込んでいるレイドリックを起こすわけにはいかないだろう。

朝、ミゲルからの伝言を受け取ったディナに、レイドリックが発熱したことを聞いた。

確かに今朝の彼はいつもより起きる時間が遅く、寝起きもどこか気怠《けだる》げだった。

それでも変わらない一線を引いた笑みを浮かべて、いつも通り出仕していったので、リヴィエラは自分の中の違和感に見ないふりをした。

確認しておけばよかったと、ディナから伝言をもらった時に後悔したものだ。

ミゲルが医者を呼びにいくというので、その間のレイドリックの看病を買って出た。といっても、リヴィエラの家族は健康優良児ばかりで、あまり人の看病をした経験はないけれど。

ディナに助言をもらい、冷たい水とタオルを持って客室へ行けば、苦しそうに胸を上下させる彼が横になっていた。

けれどレイドリックの方はミゲルが来たと誤解したようで、熱にうなされながらも声をかけてくる。その時彼がリヴィエラを心配してくれたから、これ以上ときめきたくない胸が甘く締めつけられてしまった。

なんてずるい人だろうと、詰りたくもなった。

でもその甘い痛みも、彼が続けた言葉で吹き飛んでいってしまう。

『ごめんね、リヴィエラ。好きなんだ』

意識が朦朧《もうろう》としていた彼の声は掠《かす》れていて、少々聞きづらくはあったけれど、リヴィエラの耳にはしっかりと意味を成した言葉が入り込んできた。

そんなに切なそうな声で聞きたくはなかった。

そんなに申し訳なさそうな、苦しい想いを吐露するような声音で、その言葉を聞きたくなんてなかった。

（ラシェルのこと、そんなに好きだったんですね）

熱に侵されていなかったら、きっと彼はこう言いたかったのだろう――ごめんね、リヴィエラ。君の友人とわかっていても、好きなんだ。

謝罪は、妻《リヴィエラ》の友人を好きになってしまった罪悪感からくるものだろう。

好きになってごめんと。うなされるほど追い詰められていたらしい。

（傷つけたいわけじゃ、ないのだけど）

壁に寄りかかったまま、瞼をわずかに伏せる。どちらのためにもならないとわかっていたから、早々に離婚をお願いしたのに。

ひとつ息をこぼしてから、両足に力を入れて立つ。

レイドリックの心の準備期間が終わったらすぐに出ていけるよう、リヴィエラは決意を新たにした。

あの後すぐに医者が往診してくれて、一般的な風邪だからよく休ませるようリヴィエラやミゲルに言い含めると、医者は薬を置いて帰っていった。

その薬がよく効いているのか、レイドリックはこの日、ひたすら眠り続けて目を覚ますことはなかった。

なぜリヴィエラがそれを知っているかというと、ひと晩中彼の看病をしたからだ。最初にそれを申し出た時にミゲルの無言の困惑は伝わってきたけれど、まもなく離縁する自分が彼の役に立てる数少ない機会だったため、頑なに譲らなかった。

そうして日が昇る前――レイドリックが起きだす前に、リヴィエラは寝室へと帰っていく。リヴィエラに風邪をうつしたくないらしい彼の厚意を無下にはしないために。

それ以降はミゲルと交代し、今日もまだ彼の熱が下がらなければ、ミゲルが看ることになっている。

そうなったら自分もタイミングを見計らって様子を見に行こうと考えながら、数時間の仮眠を取った。

仮眠から目覚め、朝食を済ませたリヴィエラは今、いちごをモチーフにしたラウンドテーブルの上で羊皮紙と睨めっこをしている。手には羽根ペンを握り、うーんと喉奥で唸る。

ディナは部屋の片隅で控えてくれているが、リヴィエラの行動をきっと不思議に思っているだろうに口を挟んではこない。

それをありがたく思いつつ、時々紙面にペン先を走らせる。考えを文字に起こして頭の中を整理しているのだ。

これは、離婚のための前準備である。

というのも、よくよく考えてみると、レイドリックと離婚した後のリヴィエラには帰る場所がないことに気付いてしまったからだ。

厳密に言えば実家があるけれど、長兄もそろそろ結婚間近だと聞いているので、ますます戻りづらくなっている。

おそらく家族は出戻るリヴィエラを温かく迎え入れてくれるだろうが、その優しさを享受するのはリヴィエラ自身が許せない。

そうなると、離婚後の住居が問題だった。どうやって生活していくかも検討しなければならない。

今にして思うと、レイドリックが時間をくれないかと言ってくれたのは僥倖《ぎょうこう》だったのかもしれない。おかげで今後について考える猶予がある。

（逆に言えば、あの時のわたしはそれすら思い至らないほど、心に余裕がなかったのね）

ちゃんと心の整理をしてから切りだしたつもりだったけれど、自分の判断は間違っていたようだ。

しかし、今度こそ大丈夫だろう。

レイドリックの想いの強さを図らずも知ってしまったことで、リヴィエラも覚悟ができた。

レイドリックが熱にうなされながらリヴィエラに謝ってきたことで、これ以上彼に辛い思いはさせられないと踏ん切りをつけられた。

（選択肢は、平民になる、仕事を紹介してもらう、最悪実家に戻って次の嫁ぎ先を早く見つけてもらう。かしら）

最後の最後まで甘えてしまって申し訳ないけれど、仕事はレイドリックに紹介してもらうのが一番無難だろう。王宮勤めの彼なら、なにかしらの伝手はありそうだ。

住み込みで家庭教師をするのでもいいし、住み込みで王宮のメイドになるのもいい。とにかく住居付きの仕事があるならそれに越したことはない。

まあ、問題は、赤髪を受け入れてくれるかどうかだが。

（だから一番実現性が高いのは、やっぱり平民ね）

平民は貴族ほど赤髪に対する嫌悪はない。物珍しい顔はされるだろうし、王家への尊敬の念が強い人ほど嫌ってくる傾向はあるが、たまに赤い髪を見てもなんの反応も示さない人がいる。

ラシェルもそのひとりであるし、辺境伯家に仕える使用人の中にもそういう人がいた。

（この髪を基準にするなら、他国もありかしら）

はたしてランジア王国以外の国にも赤髪がいるのかは定かではないけれど、他国の人間にとって赤髪が嫌悪の対象にならないことは、すでにリヴィエラ自身も実感している。

それなら思い切って国を出るのも選択肢としては妙案だと考える。

ただ、自国でもどうやって生きていこうかと悩んでいるのに、土地勘のない場所でうまくやっていけるかの自信がない。

（いいえ？　それはここも同じね？）

天啓を受けたようにハッとする。

自分が引きこもりで、だから自国の土地勘もほとんどない事実に、いい意味でも悪い意味でも衝撃を受けた。

幸いにして、リヴィエラは引きこもっていた間に大陸の言語をほとんど習得している。

（他国で平民……いいかもしれないわ）

それなら赤髪を気にせずに就職もできるかもしれない。それこそ家庭教師ならやれるかもしれないという自分への期待もある。なぜなら、以前メイドと一緒に猫の爪とぎ用のポールを作った時、教え方がわかりやすく丁寧だったというお墨付きをもらったからだ。

ランジア王国の出身だという身上を売りにすれば、ランジア国語の教師として雇ってもらえる可能性は十分にある。

（お父様に手紙を書こう）

リヴィエラの父は、辺境伯として他国との貿易事業を営んでいるだけあって、そちらへの伝手がある。

懇意にしている商人を介して、家庭教師を探している家を見つけてくれるかもしれない。

（誰もわたしを、知らない土地……）

そこで第二の人生をスタートさせるのも、案外いい気がしてきた。

さっそく新しい羊皮紙と封筒を用意して、父への手紙を認めると、封蝋《ふうろう》まで済ませる。もちろん、さすがにまだ離婚のことは書けないので、そんな伝手がないか世間話を装って探りを入れてみた。

後でディナにお願いして送ってもらおうと考えていた時、不意に部屋の扉が外からノックされて、ディナが応対に出ていく。

わずかに扉を開けてやり取りしているディナをなんとはなしに見つめていると、彼女が振り返ってリヴィエラのもとへ寄ってきた。

「若旦那様がいらっしゃってます。お通しして大丈夫ですか？」

ディナの瞳は心配そうに揺れている。レイドリックの密会現場を目撃した時に彼女もそばにいたので、リヴィエラの心を慮ってくれたのだろう。

彼女の本来の主人はレイドリックの方なのに、それでもリヴィエラを気遣ってひと声くれたことが素直に嬉しかった。

「大丈夫よ。お通しして」

部屋に入ってきた彼を注意深く観察すると、顔色がだいぶ回復していた。それに胸を撫で下ろす。

ネクタイを締めておらずシャツだけというラフな格好と、この時間に家にいることから、仕事は休んだのだろうとこちらへ歩を進めてくる彼を目で追いながら推察する。

彼の歩幅ならあと一歩もあれば密着しそうな距離で止まると、彼が眉尻を下げながら口を開いた。

「ミゲルから聞きました。あなたが看病してくださったと」

つい彼の後ろへ視線をやれば、そこにはミゲルがリヴィエラにも負けない無表情で立っていた。

そういえば彼に口止めするのを忘れていたと、今さら気付く。

「いえ、大したことはしていませんので」

「私は家族に看病してもらったのは初めてです」

間髪容れずに返された言葉に、目をきょとんとさせる。

「貴族の家なんてだいたいそうです。親は子育てに関与しない。だから子どもが病気を患っても、そばについていてなんてくれません」

そうなのか、と初めて知る貴族の常識に驚く。

レインズワース家は違った。リヴィエラの髪のことがあるからだろうが、父と母が直接大切に育ててくれた。風邪を引いた時だって、母がつきっきりで面倒を見てくれたものだ。

自分はもしかすると、他人に恵まれなかった分、家族には恵まれたのかもしれない。

そして反対に、レイドリックはリヴィエラほど家族には恵まれなかったのかもしれない。

「ありがとうございました。情けない姿を見せてしまいましたけど、なんでしょう、あなたがそばにいてくれたんだと知って、心が温かくなったんです」

そう言って、彼が如才ない笑みではなく、仄《ほの》かに口もとを緩めた。

その表情を思わず食い入るように見つめてしまう。初めて見る顔だった。

「それで、リヴィエラは大丈夫ですか？　嬉しかったのは違いないですが、あなたに風邪を引かせたいわけでもないんです」

大丈夫の意味を込めて、リヴィエラは首を縦に振る。

吐息をこぼした彼からは、気が抜けたような雰囲気が伝わってきた。契約妻にも配慮をしてくれるなんて、彼は本当に紳士的だ。ラシェルが惚れてしまったのも仕方ないと思えてしまうくらいに。

（恋は落ちるものって、いつも言ってたものね）

自分でコントロールできるものでもなければ、コントロールしようとする方が烏滸《おこ》がましいなんて話もしていた。

「それならせっかくなので、一緒に昼食でも――」

そこで不自然に言葉を止めたレイドリックが、穴が開きそうなほどどこかを凝視している。

その視線がどこにあるのか辿ってみたら、テーブルの上に置いてある羊皮紙に注がれていた。

慌てて彼の視線と羊皮紙の間に自分の身体を滑り込ませる。

「リヴィエラ」

ドキッと、心臓が嫌な跳ね方をした。鳩尾《みぞおち》のあたりにまるで詰問でも受けているような窮屈さを感じて半歩後ずさる。

この空気の変化はなんなのだろう。

羊皮紙には特にやましいことは書いていない。なぜなら離婚の話はすでに彼にもしているし、そうなってくると離婚後の生活を考えるのは自然な流れだろうと思うからだ。

そのはずなのに、なぜか自分は咄嗟に「まずい」と思って羊皮紙を隠してしまい、そしてなぜかレイドリックからは冷え冷えとしたオーラが流れてくる。

今彼の瞳を見上げられないのも、リヴィエラの本能がその行為を『やめておけ』と止めているからだ。

「リヴィエラ。私の見間違いでしょうか？　その紙に『平民になる』という文字があるように見えたのですが」

今まで聞いたこともないような低い声で問いただされる。

こういう時どんな反応をすればいいのかわからず、助けを求めるようにディナへ視線を送ったが、ディナはディナで、なにかショックを受けたように固まっている。

その隙をつかれて、レイドリックに羊皮紙を奪われてしまった。咄嗟に取り戻そうと手を伸ばすものの、彼の方がずっと背が高く、腕を天井へ突きだすように持ち上げられてしまえばリヴィエラの手が届くわけもない。

「他国で就職……新しい、嫁ぎ、先……？」

彼がぶつぶつと呟いているのは、まさにリヴィエラが書いた内容だ。

奪い返すのが無理ならと諦めたリヴィエラは、彼からの追及を逃れるために自分の部屋から出ていこうとした。

が、リヴィエラが一歩を踏みだしたのと同時に、

「――あははっ」

レイドリックの笑い声が部屋に響く。

世の中にこれほど背筋を震えさせる笑い声があるのかと、頭の片隅で戦慄する。ちらりと視界の端に映ったディナもミゲルも顔色が悪い。

「は、なんだ。それはそうか。そうなるよね。自業自得すぎて笑いしか出てこないな。他の嫁ぎ先って……しかも他国とか。あーあ、ほんっっっと――ふざけてる」

驚愕なんてレベルではない。これは恐怖だ。笑っているのに逆鱗《げきりん》に触れられたような獰猛《どうもう》さが彼の瞳に宿っている。彼の身体から立ち上っているように見えるのは、まさか怒気だろうか。

足が縫いとめられたように動かなくなってしまい、リヴィエラはただただそんなレイドリックを眺めることしかできなかった。

下手な弁明でもしようものなら、その瞬間に彼の怒りが沸騰するような直感すらある。

「リヴィエラ、あなたに伺います。あなたは今の『私』と素の『俺』では、どちらが好ましいですか？」

「え……」

脈絡のない質問に当惑しながらも、彼の圧に負けて恐る恐る答えた。

「素が、いいです」

「そう。じゃあこれからは素でいくよ。その方が確率が上がるというのなら、自分のコンプレックスなんかもうどうでもいい」

それに、と凄《すご》みのある声で続けて。

「素を見せてダメだった方が、諦めもつきそうだ」

どこか投げやりな調子で、レイドリックが鼻を鳴らした。

半歩、距離を縮めてくる。

「それで、離縁のことだけど。社交シーズンに入って半月後に王宮で舞踏会が開かれるんだ。だからその日まで待ってくれる？」

「だから」の意味はわからなかったが、特に問題はないので浅く顎を引いた。というより、若干彼の気迫に押された感はある。

でもこれも彼の〝素〟かと思うと、不思議とリヴィエラの中から恐怖心が薄れていく。

それはおそらく、あんなに素を出すのを嫌がっていた彼が、ようやくリヴィエラにも素を見せていいと思ってくれた事実が嬉しかったからだろう。

リヴィエラには素を見せても『大丈夫だ』と彼が判断したということは、それくらい信頼を置いてくれた証《あかし》だ。

そう思ったら、恐怖よりもたまらない気持ちが湧いてきた。

「あと、『俺』と一緒に出かけようか」

「え？」

「あんな偽物の『私』じゃなくて、ありのままの自分で君と向き合いたいんだけど、ダメかな？」

なにかが吹っ切れたような清々しい顔で、レイドリックが誘ってくる。

彼にはラシェルがいる。それなのに自分と出かけるなんて大丈夫だろうかという不安が胸をよぎった。

それとももしかして、ラシェルにはリヴィエラが契約妻であるのを打ち明けているのだろうか。

（そうよ、そうかもしれないわ）

それならラシェルがリヴィエラの夫と知りながらレイドリックと恋仲になったのも、おかしくはない。リヴィエラの心がレイドリックに向いていることを彼女は知らないのだ。

（結婚するって報告した時も、利害の一致だとは伝えていたし）

ごまかそうとして見ないふりをしていた『友人に裏切られた』という傷が、少しだけ小さくなった気がした。

リヴィエラがレイドリックに惹かれるようになったのは、結婚してからだ。それをラシェルが知る術はない。

そして彼女がリヴィエラを契約妻だと知っているのなら、ふたりで出かけているところを万が一にも目撃されたとしても、誤解される事態にはならないはずだ。

「リヴィエラ、どう？　社交シーズンに入る前に、君に夜会用のドレスを贈りたいんだ」

「いえ、それは必要ないです」

思わず反射的に断ってしまい、しまったと目を泳がせる。

けれど本当に新しいドレスはいらないのだ。レイドリックの妻になるに当たって、一応実家からある程度のドレスを持参してきている。

彼の妻でいられるのは社交シーズンに入って半月後までのようだし、わざわざ新しいものを買い足すのは申し訳なくて気乗りしない。

なのにレイドリックは首を横に振り、懇々と説いてくる。

「ドレスには流行があってね。君のドレスは最近買ったものじゃないだろ？　だから買い直した方がいいと思うんだ」

「え、そうなんですか？　申し訳ありません。わたし、流行には疎くて」

「うん、だろうと思って。じゃあさっそく今日行こう」

「きょ、今日っ？」

あまりにも行動力のありすぎる彼に素っ頓狂な声が出る。

しかしここでもまた彼の無言の圧に押され、リヴィエラは了承してしまった。

準備のためにいったん別れると、ディナがすすーとそばに寄ってくる。

「全力で丸め込んできましたね、若旦那様。そしてリヴィエラ様は見事に丸め込まれましたね」

「丸め……」

「あんなに必死な若旦那様は初めて見ました」

「そうなの？」

ディナが深く頷いた。

「わたしとミゲルは若旦那様が小さい頃から一緒でしたので別枠ですが、あの方は本当に自分を曝《さら》けだすのが苦手なのです」

「……なにか理由が？」

「散々否定されてきたからです、ありのままのご自身を。ですから、この人なら受け止めてくれると確信した相手にしか、あんな姿はお見せになりません」

なんとなくそんな気はしていた。やはりそうだった。

だから、胸が苦しくなる。

「リヴィエラ様。どうか、今のわたしの話を忘れないでください。若旦那様が素をお出しになるのは、あの方の幼少期を知る者を除けば――リヴィエラ様ただおひとりなのですから」

ディナの思いのほか真剣な瞳が、なにかを訴えてくるように見つめてくる。

我知らず息を呑んだ。喜んではいけないと自制しつつも、ディナの言葉を心に刻み込む。

どんな顔をして彼の隣に並べばいいのか、少しだけ迷子になった。


通常、貴族が――特にウィンバート公爵家のような上級貴族が――宝石類やオーダーメイドの衣装を購入する際は、自宅に外商担当者を招く場合が多い。

普段着使いする服はオーダーメイドでないものを着ることもあり、そういう時は高級ブティックを訪れるという。

今日の外出はレイドリックが急に組み込んだとはいえ、彼自身はリヴィエラにオーダーメイドドレスを贈ろうとしていたらしい。

なのに店を訪ねたのは、彼がリヴィエラの性格を考慮してくれたからだ。

「いきなり『どういうドレスが好き？』と訊ねても、リヴィエラは困るだろうと予想できたからね。自宅に招くと展示品《みほん》なんて見られないから、実際に見て、君が好きだと思ったデザインを選んでもらおうと思って」

急な予定だったのに、彼は店内の奥にあるＶＩＰ専用の個室を確保していた。

それでも通常なら商品を紹介する販売員がいるはずだが、その販売員すら廊下で待機させている。おかげで周囲の視線を気にせず、目の前に並ぶたくさんのドレスをゆっくりと選べそうだった。

実はこれも、リヴィエラが過去に諦めたもののひとつである。他にも諦めたものはいくつもあるけれど、挙げれば切りがない。

リヴィエラは、実家では似たようなデザインのものしか着なかったし、それを着られるだけ着回していた。

両親が新しい服を買ってくれなかったわけではない。引きこもる前は新しい服を買ってもすぐに汚されてしまったし、引きこもるようになってからは着飾る必要性がなくなったために頓着しなくなっていったからだ。

でも本当は、色とりどりのデザイン豊かなドレスが嫌いではなかった。一度でいいから自由にドレスを選んでみたかった。

「君はそんな顔もするんだね」

なにげなく呟かれた言葉に、ハッと我に返る。レイドリックは一線を引いた笑みではなく、興味深そうにリヴィエラの顔を眺めていた。

今彼が放った言葉を、そっくりそのまま返したい。

あまりにも優しい眼差しで見つめられて、居たたまれなくなったリヴィエラは両手で自分の顔を覆い隠した。

いくら取り繕うことをしなくなったとはいえ、リヴィエラにそんな表情を向けてくるのが不可解で、彼がなにを考えているのかわからなくなる。

「リヴィエラ、ほら、手を外して。ドレスを見なくていいの？」

手首に触れる温もりに気付くと、指の隙間からレイドリックの近すぎる顔が覗いた。

跳ね上がった心臓に連動して、肩がびくつく。その拍子に彼がそっとリヴィエラの手を顔から外し、そのままドレスの前までエスコートしてくれた。

「どれがいい？　色でも、デザインでも、気に入ったものがあれば言ってよ。君をうんと着飾らせたいから」

「……でも、どうせすぐに汚れるから」

「え？」

聞き返すようにレイドリックが目を瞬き、リヴィエラは彼のその反応を認めて初めて心の声が漏れてしまったことを知る。

こんな愚痴のような言葉は、吐きだすつもりなんてなかったのに。

「いえ、なんでもありません。ただやっぱり、もったいないのではないかと……。ドレスが素敵でも、着るのはわたしですし」

そこに自虐的な意味が含まれていることに、リヴィエラ自身は気付いていない。

レイドリックはなにを思ったのか、そんなリヴィエラになにか返すでもなく、数あるドレスを次々と物色し、やがてひとつのドレスを手に持った。それをリヴィエラの身体に当ててくる。

「君の薔薇の花のように鮮やかな赤い髪には、青色系のドレスも似合うのにと思っていたんだ。特にこういう落ち着いた色合いの青がね」

それは胸もとにシックな黒い花を咲かせた、落ち着きと上品さを兼ね備えたドレスだった。スカートの裾には銀の糸が輝き、袖部分にはレースがあしらわれていて、その繊細さに魅入ってしまう。

なによりも、このドレスの色はレイドリックの瞳の色に似ていた。

「俺たちはきっと、この組み合わせのように相性がいいよ」

まるで口説かれているみたいだと思ったのは、リヴィエラの恥ずかしい勘違いだろうか。

そんなはずはないと思うのに、無邪気な笑みでそう言った彼に戸惑う。

これが人を誘惑するような流し目で言われたなら、リヴィエラの心はなにも反応しなかっただろう。こうして彼の素に触れるたび、いかにそれが作り込まれたものであったのかを実感するから。

なのに、目尻に小じわを刻むような人懐こい顔で笑われると、どう反応すればいいのかわからなくなってしまう。

(薔薇のようだなんて、やめてほしい)

彼にとって褒め言葉は挨拶だ。深い意味はない。

そう思わせてほしい。

「リヴィエラはどう？　このドレス、どれかひとつでも気に入ったところはある？」

ひとつどころか、すべてが気に入った。デザインも、型も、なにより色が。

答えようとして、一度口を開きかける。しかしすぐに思いとどまった。

もし、ひとつだけ。

ひとつだけ、離婚する際に願いを聞いてもらえるなら。

（このドレスを、もらっていっても、いいかしら）

大事に、大切に、衣装ダンスの奥に仕舞っておくから。

変な誤解を与えないように、離婚した後は着ないと約束するから。

だから――。

「これが、いいです」

「気に入った？　じゃあこれを基にデザインのオーダーを……」

「いいえ。これが、いいんです」

オーダーメイドなんて贅沢は言わない。だから彼がリヴィエラに似合うと思って選んでくれた、このドレスが欲しい。

「……わかった。じゃあこれにしよう。君はここで待っていて」

そう言って、彼がとても自然な動作でリヴィエラの額に唇を寄せてきて、けれど触れる直前で不自然に動きを止めた。

そこでようやく自分がキスされそうになっていたのだと気付いたリヴィエラは、大きく後ずさる。

レイドリックはきつく瞳を閉じて俯くと、己の失態を責めるように眉間にしわを刻んだ。

「最悪だ。無意識とか。まだ誤解も解いてないのに俺は阿呆か。これじゃあ軟派と言われても否定できないじゃないか」

小声でぼそぼそとこぼす様子は、おもしろいくらい彼の最初の印象を壊してくる。

新鮮な気持ちで観察していたら、もう一度「待ってて」と言った彼が個室を出ていってしまった。

本当に素を曝けだしてくれているのだなと思うと、唇がむずりと疼いた気がした。

それからいくつかの夜を越えて、何度朝日が昇っても、レイドリックの態度が最初の頃に戻ることはなかった。

リヴィエラの前では取り繕うための口調も、距離を取るための微笑みも見せない。

かといって、リヴィエラへの扱いが雑になったわけでもない。むしろ以前にも増して構われるようになった。

前にもレイドリックの中でなにかきっかけがあったのか、ある日を境に食事を共にするようになったり、デートへ誘われるようになったりしたことはある。

ただ今回は、その時とはなにかが違うような空気を感じ取っていた。

以前のレイドリックは、食事の席で訊ねるのは決まってリヴィエラの一日だったり、リヴィエラの過去だったり、リヴィエラの『行動』に関する質問がほとんどだった。

デートだと言って連れだされた時も、絶えず視線を感じていた。傍から見れば見守るような眼差しだったかもしれないが、あの時のリヴィエラからすれば『観察』に近い眼差しだった。

それが、今はどうだ。

食事の席で訊ねられるのはリヴィエラの趣味嗜好に変わり、リヴィエラが蜂蜜を入れて紅茶を飲むのが好きなのだとこぼせば、翌日に誘われたティータイムには蜂蜜が用意されていた。

昨日の今日で準備したのかしらすごいと思いながらお礼を言い、たっぷり蜂蜜を入れた紅茶を堪能していたら、正面からものすごく視線を感じる。カップを置いておずおずとレイドリックを見やれば、蜂蜜が無味に感じられるほど甘くとろけた目で見つめられていた。

困惑を通り越して、もはや心配になった。

これが彼の素ならば、彼は取り繕っていた方がまだ女性を勘違いさせないだろう。それくらい眼差しが甘くて優しいのだ。普段からそんな状態だったら、彼はいつか背後から刺されそうで怖い。

そのせいでだんだん『わたしだから勘違いせず節度を保った関係でいられるんですよ』と若干の怒りを覚えるようになっていたのは内緒である。

そこで、約束の舞踏会まであまり近寄らないでほしいとお願いしてみた。

そうしたらなぜか、トラヴィス侯爵家のパーティーに夫婦で参加することになっていた。


「あの、わたし、帽子を被りたいです」


素のレイドリックとの日々に感動したりこれ以上惚れないよう闘っていたりしたら、いつのまにか世間は社交シーズンに入っていたらしい。

当然レイドリックのもとには各貴族からの招待状が届いており、そこには妻であるリヴィエラも共に誘う文言が綴《つづ》られていた。

が、そのすべてをレイドリックはいったん保留にしていたという。

理由は言われなくても察せられた。リヴィエラだろう。

しかし髪色のせいだと思っていたリヴィエラが謝罪する前に、レイドリックが先制して答えた。

『先に言っておくと、保留にしていたのは髪色が原因じゃないからね。単純に俺が行く必要性を感じなかっただけだから』

彼はあっけらかんとしていたけれど、本当のところはわからない。

ただ、その舌の根も乾かぬうちに、彼は今夜のパーティーの参加を告げてきた。リヴィエラが『近寄らないでほしい』と遠回しにお願いした、その日の夕食時にだ。意地が悪いように感じた自分の方が性格が悪いのだろうかと、かなり悩んだものである。

「リヴィエラ。君の髪は綺麗なんだから、帽子なんて無粋なもので隠す必要はないよ。堂々としていればいい。君の夫が誰か忘れた？」

トラヴィス侯爵家のタウンハウスにある大広間では、煌《きら》びやかに着飾った紳士淑女が歓談し、ダンスを踊っている。有名な楽団を招いているとのことで、洗練された音楽がパーティーをより一層華やかに盛り上げていた。

リヴィエラとレイドリックは、広い会場の隅でそんな光景を見るとはなしに眺めている。すでに主催者への挨拶は済ませているが、その際、やはり記憶にあるような眼差しを向けられ、リヴィエラはすっかり心が疲弊していた。

主催の侯爵夫妻だけではない。まるで柱の陰から覗き見されているような不快な視線が肌に纏わりついてくる感覚がある。

「大丈夫。俺はこれでも王室秘書室の所属で、さらにはそこの補佐官という地位にいる。正面切って喧嘩を売ってくる馬鹿はいないよ。いたらおもしろいけどね」

レイドリックが好戦的な笑みを浮かべる。意外な一面だ。目をぱちぱちと瞬いたら、彼がさらに瞳を細めた——自分の口もとに人差し指を当てて、まるで「今のは秘密だよ」とこちらを共犯者にしようとするイタズラっ子のように。

「これも、君が望んだ素の俺だ」

そうして、眉尻を少しだけ垂れ下げて。

「受け止めてくれるんだよね？」

声に弱さを含ませて、縋ってくる。

嫌なのに、胸がギュッと詰まった。

嬉しくなってしまう。そんなことを言われたら。

拒絶できなくなってしまう。そんな弱さを見せられたら。

「……どうして、このパーティーだったんですか？」

「参加した理由？」

こくりと浅く頷く。他にも招待状を送ってきた貴族は大勢いたのに、なぜこのパーティーを選んだのかが不思議だった。

「そうだな、理由は君が呆れるくらい単純だよ。トラヴィス侯爵夫人は、社交界では顔が広くてね。彼女はいつも刺激的ななにかを探してる。だから君はきっと気に入られるよ。そうしたら夫人は、君を逃がさないために俺の味方になってくれる気がしてね」

「？　挨拶の時、睨まれたような気がしますけど」

「いいや。あれは獲物を見つけた狩人の目だった。そのうち君宛てに茶会の招待状が届くはずだ。届いたら、俺が今日この夜会に出た意味はあったということになる」

彼の答えであって答えでない回答に、思考をぐるぐると巡らせる。

あまりにもリヴィエラが考え込む様子を不憫《ふびん》に思ったのか、彼が小さく苦笑してから補足した。

「つまりね、君が『近寄らないで』なんて寂しいことを言うから、君が離れていけないように画策中ってこと。ひどい男だよね」

「それって……」

その時、敵意のこもった視線を感じて身震いする。

反射的にレイドリックの背に身を寄せると、彼がわずかに目を見開き、それから目もとを緩ませた。

「今日はさ、王宮の舞踏会に臨む前のリハビリも兼ねてたんだよ。いきなり王宮の舞踏会なんて、君には酷かなと思って。でもまさかここまで俺を頼りにしてもらえているとは思ってなかったな」

彼がリヴィエラを完全に隠すように身体の向きを調整する。表情は窺えないけれど、その声は弾んでいた。

「ちょっと失礼」

そう言って、レイドリックが突然後ろを振り返ってきた。予期せぬ近距離での対面に、リヴィエラはすぐに逃げることもできずに捕まってしまう。

彼の両腕はリヴィエラを囲うように背中に回っていて、狼狽《うろた》えて抜けだそうとするのを咎《とが》めるように耳もとで囁いてきた。

「――ところで、ねえリヴィエラ。約束が違うよ」

吹き込まれた息はくすぐったかったけれど、すぐにそんな思いは吹き飛んでいく。

すうっと冷気が背中を這い、肌が粟立った。レイドリックの手が敏感になっているそこをなぞるように下っていって、軽く背筋を反らす。

「離婚は舞踏会まで待ってくれる話だったよね？　なのに君は、御父上に手紙を送ったね」

「なんで、それを……」

「気付いていたはずだ。君の手紙には俺の検閲が入っている」

そういえばそうだったと、己の浅はかさを恨む。ラシェルとの手紙のやり取りの中で勘づいていたはずなのに、公爵家ともなればそれくらい当然なのだろうと割り切っていたからすっかり忘れてしまっていた。

「さすがに捨ててはない。けど、俺の手もとで保留にさせてもらってる」

喉もとに刃物を突きつけられているような緊張が走る。

なんと言い訳をしようかと逡巡していた時、彼が少しだけ口調を和らげて言った。

「そう焦らないで。君には舞踏会の夜、選んでほしいことがあるんだ。それでもし、君が選ばなかったら、離婚後の君の衣食住は全部俺が整えよう」

予想だにしなかった提案に小さく息を呑む。

「だから、あの手紙は送らせない。他国なんて行かせないよ。破棄して構わないね？」

提示された条件を天秤《てんびん》に載せる。ぐらぐらと揺らいでどちらに傾こうか決めかねている。

その時は〝元〟夫となる彼にそこまで甘えていいのだろうか。

「ほら、いいって言って。ね？」

甘えるように首筋に顔を埋められて、どれだけの素顔をあの微笑みの中に隠していたのだと我知らず奥歯を噛みしめる。油断するとあっという間に心を奪われてしまいそうだ。

どんな仕草が、言葉が、表情が、女性に効くかを知り尽くしている人。

その知識と技術は、素顔だろうがそうでなかろうが彼の中から消えるものではない。

なぜ離婚予定の契約妻である自分にもその技を使ってくるのかは疑問だったけれど、ここで撥《は》ねのけたところで別の手段を講じられそうな気がした。

「わかりました。破棄していただいていいですから、今の言葉、忘れないでくださいね」

「ああ、もちろん」

甘えた声から一転、機嫌のよさそうな声が返ってくる。実際、リヴィエラを解放した彼は嬉しそうに顔を綻ばせていた。

――やられた。

そう思って、なんとなく悔しい気持ちが己の唇を尖《とが》らせる。

やはり彼にとって、取り繕わないことと甘言を使わないことは同義ではないらしい。

完全に嵌《は》められたと思うのに、あまりにも彼が喜ぶから怒るに怒れない。

(よくわからないけど、他国が嫌いなのかしら)

なんて呑気に考えていたら、再び鋭い視線を感じて背筋がぶるりと震えた。

「……あれでも諦めなかったのか」

独り言のような声が頭上に落ちてきたと思ったら、レイドリックによって強引に彼の背中側へ押しやられる。まるでなにかから守るように隠されたみたいで、そう思った瞬間に耳をつんざいた高い声に、本当に隠してくれたのだと知る。

「レイドリック様！　それはどういうことですの⁉」

会場中に響くような声量ではなかったけれど、近くにいた数人がこちらに注目したのがわかった。

リヴィエラの位置からわかるのはそれが精一杯で、レイドリックの向こう側にいる女性の姿は見えない。初めて聞く声だった。

「わたっ、わたくしと、結婚してくださるんじゃなかったんですか⁉」

「落ち着いてください、エルランド嬢。どうしてそんなお話に？」

「だって言ってくれたじゃありませんの。お父様がお認めになったら、わたくしと一緒になってくださるって！」

どうやら修羅場らしいと、罪悪感のようなものを覚えながら思う。

できることなら「わたしはただの契約妻です」と教えてあげたいところだが、教えたとしてなんの意味もないだろう。

結局レイドリックには心に決めた人がいる。それがエルランド嬢が勘違いしているリヴィエラだろうが、実際にレイドリックが想うラシェルだろうが、彼女にとっては同じに違いない。

レイドリックが自分を選んでくれないという事実は変わらないのだから。

「なのに、なのにっ、よりにもよって『魔女』と結婚なさるなんて！　わたくしを馬鹿にしてますの⁉」

――〝魔女〟

なるほど、とひとり得心した。今の自分も変わらずそう噂されているのかと。

今さらそれくらいの言葉で傷つく繊細な心はないけれど、リヴィエラが驚いたのは、レイドリックの背中に隠されていたリヴィエラの方へいきなり回り込んできたエルランド嬢本人にだ。

さすがのレイドリックもまさか彼女が実力行使に出るとは思っていなかったのか、意表をつかれたらしく、彼女の手にあるワイングラスの中から赤紫色の液体がリヴィエラに向かって飛びだしてきた。

咄嗟に目を瞑ったリヴィエラだが、いくら待てども濡れる感触がやってこない。

おずおずと閉じていた瞼を上げると、リヴィエラはまたレイドリックの背中に守られていた。

呆然とするリヴィエラの前で、彼がエルランド嬢に視線を合わせるように腰を屈める。

「エルランド嬢、私の言葉が誤解を招いたみたいで申し訳ありません。エルランド伯爵が認めてくださったら、夫婦ではなく、まずは恋人になりましょうという意味だったんです。ですが、エルランド伯爵は私文書偽造罪で捕まってしまいました」

「そ、れは……」

「私としても、当時はとても心苦しく感じておりました。御父上が逮捕され、きっと心を痛めているだろうあなたのためになにかできないかと考えたこともありました」

ですが、と彼がトドメを刺すように続ける。

「その時にはもう、あなたは幼なじみだという青年といい仲になっていましたね。だから私は身を引いたのです」

「あ、あれは、違うの。違いますの。ちょっと弱ってる時だったので、それで……っ」

「ええ、なにもあなたを責めてはいません。たとえふたりが熱い口づけを交わす場面を見てしまったとしても、間男は私の方でしたから」

「あ、その……」

「ただ、あなたがそうして心変わりしたように、私にももう他に大切な人がいるのです。ご理解いただけますよね？」

彼が少し首を傾けたことで、女性の顔が半分だけ顕わになる。青を通り越して真っ白に近い顔色は、控えめに言ってかわいそうなほど血の気を失っていた。

わずかに見える彼女の口もとは、言葉にならない声を漏らしながら、何度も開け閉めを繰り返している。

やがて分が悪いと思ったのか、彼女は「ごめんなさいっ」と叫んで走り去っていってしまった。なんとも嵐のような人である。

はあ、とレイドリックの重たいため息が聞こえて、リヴィエラは我に返った。

「だ、大丈夫ですか？」

「え？」

「あの、さっきの方、すみません、お話が聞こえてしまって。それで、なんというか……」

「『浮気されて振られたなんて、大変でしたね』？」

うっと喉に言葉が詰まる。言葉は少し違うが、言おうとしていた内容は概ねそんな感じだったので図星をつかれた気分になる。なんとかオブラートに包もうとしたのに、本人がストレートをかましてきたので返答に窮してしまった。

「ははっ。リヴィエラは本当にまっさらだね」

しかし予想に反して彼がからりと笑う。言葉尻を捉えれば馬鹿にされているようにも感じるけれど、彼の表情がそうでないことを物語っていたからか、怒りや悲しみは湧いてこない。

まるで慈しむような眼差しに、目が釘づけになる。

「君が謝ることはなにもないよ。この近さだ。話は聞こえて当然だし、こんなところで話を持ちだしたのは彼女で、当時の後始末の詰めが甘かったのは俺だ」

「え？」

レイドリックが眉尻をわずかに下げた。

「ごめんね、巻き込んで。まさか過去の自分を殴りたくなるくらい後悔する時が来るなんて思わなかったよ」

顔の横に垂れる髪を、彼の手によってさらりと耳にかけられる。

彼の首筋に今にも滴り落ちていきそうなワインの雫《しずく》を認めて、リヴィエラはハンカチを取りだした。

背伸びをして、それを吸い取るようにハンカチを押し当てる。

「そんなことを言わないでください。裏切られたのは旦那様の方なのでしょう？　今だって、わたしを庇ってワイン塗《まみ》れです。少しはご自身を大切になさった方がいいですよ」

「ワインは……」

彼の掠れた声に反応して、瞳を上にずらした。

眉根をキュッと寄せた彼が再び口を開く。

「ワインは当然だよ。もともと俺のせいだし、それに、君を汚したくなかったから」

だって、と言いながら、彼がリヴィエラのハンカチを持つ手を優しく掴んだ。

「前、ドレスが汚れるのを心配していただろ？　だからせめて、俺が一緒にいる時は汚させないと決めていたんだ」

ハッと息を呑む。

――〝でも、どうせすぐに汚れるから〟

レイドリックに連れられてドレスを買いに出かけた際、思わずそう口から漏らしてしまったことがある。

過去にリヴィエラは何度もドレスを汚され、新しいドレスを買うのを諦めた。

職人が腕に縒《よ》りをかけて作成したドレスを汚されるのが、そして父と母が買ってくれたドレスを汚されるのが、悔し涙が出るくらい辛かったからだ。

けれど、そんな辛気くさい話をしたくなくて、あの時リヴィエラはごまかした。

リヴィエラの漏らした言葉を不思議そうに聞き返したレイドリックに、なにも答えずに話を逸らしたはずだった。

それなのに彼は、たったあのひと言でリヴィエラの心情を読み、ごまかしたリヴィエラの心さえも守るように庇ってくれたというのか。

「リヴィエラをカッコよく守れたら、君も諦めて、俺にたくさんドレスを贈らせてくれるかなと思ったんだけどね。……うまくいかないな」

ああ、どうして。そんな言葉、今さら聞きたくはないのに。

そういうのは彼が先ほど言った『大切な人』に贈ればいいのに。

惑わされたくなくて、唇をギュッと引き結ぶ。

「とりあえずリヴィエラはここで待ってて。ワイン塗れの男とは一緒にいたくないだろうし、俺も君の隣に並ぶのにこれは情けないからね。着替えてくるよ」

「……わかりました」

颯爽《さっそう》と会場の出入り口へ向かうレイドリックの後ろ姿をぼーっと眺める。彼とすれ違うパーティー参加者たちは、皆一様にぎょっとした顔をして一歩避けるのに、彼はそれでも堂々としていた。

(やっぱり、綺麗だわ)

その凛とした姿が。汚れても失われない気品が。

自分だったらワインに塗れてもなおあんな風に闊歩できるだろうかと考えて、ふと目の前に立ちはだかった女性に意識が移る。

女性はひとりだけではなかった。派手な扇で口もとを隠して、リヴィエラを品定めするように見下ろしてくるのが三人いる。

「初めまして、リヴィエラ様。わたくしはニナテシア・メイナールと申します」

「アミリア・ハーマンですわ」

「ユナ・ドゲルヴィアです」

　さすがのリヴィエラももう驚きはしなかった。敵意のこもった視線を三人から浴びせられて、レイドリック絡みだろうと冷静な頭で判断する。

　リヴィエラはこれまで社交をしてこなかったため、誰がどの家門の者か、顔が一致しないことは多々あった。

　けれど勉強を疎かにしてきたわけではないので、名を名乗ってくれたおかげで順にメイナール侯爵夫人、ハーマン伯爵令嬢、ドゲルヴィア男爵令嬢であると理解する。

「初めまして、リヴィエラ・ウィンバートです」

　同じように自己紹介を返したが、ここからどうすればいいのだろうと内心で冷や汗を垂らした。

　リヴィエラに婉曲的な物言いなんてできない。口を開けば思ったことをそのまま吐きだしてしまいそうで、口もとをまごつかせた。

　そんなリヴィエラを知ってか知らずか、メイナール侯爵夫人が勝手に話しだす。

「突然ごめんなさいね。でも、かの有名なウィンバート公子様が奥様を迎えたというじゃない？　わたくし、ひと目あなたに会ってみたかったのよ」

　他のふたりも同意するように首肯した。

「そうしたらびっくり。エルランド伯爵令嬢があなたに絡みに行ったでしょう？　出遅れたと思ったわ。あの方、気性の激しい女性なの。大丈夫でした？」

リヴィエラは思わず目をぱちぱちと瞬いてしまった。こんなにもあからさまに敵意を剥きだしにしているのに、あくまでリヴィエラを心配する風を装うらしい。

こんなタイプの人間とは初めて出会う。リヴィエラはいつも直接的に暴力や暴言を受けてきた。そういうタイプには黙って耐えるのが手っ取り早い対処法だった。

では、親切を装って悪意をぶつけてくる相手には、どう対応するのがいいのだろう。

「ウィンバート公子様も悪いわよね。遊ぶ女は選ばないとダメだわ」

「夫人の仰る通りですわ。わたしたちのように理解ある女でないといけませんわよね。ほら、奥様だって、パーティーのたびにああして絡まれたら大変ですもんね？」

ハーマン伯爵令嬢がそう言うと、ドゲルヴィァ男爵令嬢も続いた。

「ウィンバート公子様はみんなものですから、同じ『みんな』に入る者同士、助け合っていきましょう」

「…………」

拳を握ったリヴィエラが口を開くより先に、メイナール侯爵夫人が「ところで」と明るい声を発する。

「奥様はウィンバート公子様をどこまでお知りかしら。わたくし、三人の中では一番古い付き合いですの。彼についてお知りになりたいことがありましたら、わたくしが教えて差し上げますわよ」

「まあ、夫人。それはわたしも教えていただきたいですわ。彼ったら初心《うぶ》で、手にキスをするだけで顔を赤く染めちゃうんですけど、他の方にはどうなんでしょう？」

「うふふ。それはあなたに合わせてるのよ、かわいらしいレディ。大人のわたくしにはもっと情熱的よ？」

「たとえばどんな感じですか？」

ハーマン伯爵令嬢が目を輝かせて先をねだる。

「口では言えないようなことよ」

「きゃーっ」

目の前で盛り上がる彼女たちを、リヴィエラは冷めた目で見やった。

ここまでくれば彼女たちの目的なんてどんなに鈍い人間でも察せられるだろう。

要するに、彼女たちは気に食わないのだ。リヴィエラのことが。レイドリックの妻の座に収まった女性が。

レイドリックが『女たらし』であった過去は知っている。でも今の彼にはラシェルがいる。つまり彼女たちは昔の恋人。いや、彼女たち自身が「遊び」だと口にした時点で、恋人ですらなかった可能性は十分にある。

それなのにリヴィエラを牽制《けんせい》してくるのが茶番のように思えて、逆に不思議だった。

今自分が心に抱えている思いを吐きだしてよいものか、とても悩む。

怒らせるような気がするし、かといってずっとこの状態も困る。

(戻ってきて早々こんな場面に出くわすなんて、さすがに旦那様がかわいそうよね……?)

リヴィエラは思い切って口火を切った。

「あの、よろしいでしょうか? 会話を遮って申し訳ないですが、いくつか皆様にお伝えしたいことがあります」

「あら、なにかしら? 受けて立つわよ」

なぜ喧嘩腰なのだろうと若干引きながら、続きを話す。

「まずですが、あまり異性と『遊び』の関係にあったことを他言しない方がよろしいかと。皆様の品位を疑われます」

その時、少し離れた位置から噴きだすような声が聞こえた。

一瞬だけそちらに意識を向けたけれど、すぐにメイナール侯爵夫人たちに向き直る。

「ふたつ目に、旦那様は誰かの『もの』ではありません。彼の意思を尊重すべきです」

夫人たちの顔が大きく歪んだ。

「最後に。ハーマン伯爵令嬢とドゲルヴィア男爵令嬢は未婚ですよね? もっとご自身を大切になさって、あまり簡単に異性に接触をお許しにならない方がいいと思います。その、わたしの従姉はそれで不義を疑われ、婚家でひどい扱いを受けているそうなので」

「「えっ」」

ちなみにそれを教えてくれたのは母である。その従姉もリヴィエラを虐めていたひとりだったため、母は『人を虐める人間の末路なんてそんなものよ。怖いわよね、うふふ』とまったく怖がる様子もなくほくそ笑んでいたけれど。

「身体は大事になさった方がいいかと。せっかく子どもを授かっても、他の男性の子と誤解されてしまうことだって――」

「え⁉　ありますの⁉　そんな理不尽が⁉」

ハーマン伯爵令嬢の食いつきに面食らって、リヴィエラは右足を少し引いた。

「従姉は、ええ、一度あることは二度あると言われて……」

「そ、そうなの？　やっぱり処女じゃなきゃダメかしら？　ごまかせるって聞いたけど」

（もしかしてこの子……）

すでに誰かと『そういう関係』になったのではないかとの疑念が湧く。リヴィエラも子作りの詳しいことを知っているわけではないけれど、母からはとにかく夫以外に触れさせてはならない場所を懇々と説かれたので、なにが『不義』に当たるかくらいは知っていた。

ただ、彼女の相手はレイドリックではないだろう。もしそうなら、彼女は真っ先にそれを口にして自慢していただろうから。

「ちょっとアミリア様！　わたくしたちは人生相談に来たのではないのよ⁉」

「あっ」

今さら自分の醜態を思い出したように、ハーマン伯爵令嬢がドゲルヴィア男爵令嬢の背中に隠れた。

「ふんっ。あなた、やはり小賢しい『魔女』のようね。いつものようにその薄汚い身体であの方を誘惑したのかしら？　さすが悪魔を従えて人間を滅ぼそうとした女の生まれ変わりだわ」

何度も言われ慣れている悪態はさらりと聞き流す――つもりだった。

「『魔女』の傘下に下ったのですもの。レイドリック様もきっと悪魔になってしまわれたんだわ！　だから――……えっ？」

続けてメイナール侯爵夫人が、こんなことを口にしなければ。

ぽた、ぽた、と大理石の床に赤い水玉模様が次から次へとできあがっていく。

それはリヴィエラの左手の甲から流れ落ちていた。

右手には自分の髪を華やかに彩ってくれていた髪飾り《ファシネーター》を握っているが、その櫛《くし》部分の先端は赤く濡れている。

唖然《あぜん》とする夫人たちへ向けて、リヴィエラは己の左手を見せつけるように差しだした。

「そこまで仰るなら、お確かめください。わたしの血は、伝説の魔女のように緑色ですか？　わたしの髪色と違う色に見えますか？　同じ色に見えるのならば、わたしの血は赤。皆様と変わりません。違うように見えるのならば、わたしの髪色もまた、赤ではないということです」

これほど他人に怒りを覚えたのはいつぶりだろうか。もしくは初めてかもしれない。

自分はいい。慣れている。もう諦めてもいる。

けれど、彼は違う。自分のせいで彼の評判まで落ちるのは許せない。自分のせいで彼がこれまで培ってきたものに傷がつくのは、なによりも我慢ならない。

「ただの『遊び』相手が、出しゃばってこないで」

リヴィエラの気迫に押されたのか、メイナール侯爵夫人が一歩足を後ろへ下げた。いつのまにか他ふたりの令嬢は夫人の背後に逃げていて、さすがにまずいのではという焦燥を滲ませている。

夫人がごくりと唾を飲み込んだ。唇を戦慄《わなな》かせて、今にも感情を爆発させようとしている。

が、そこで軽快な拍手が割り込んできた。

「いやすごいな、今の啖呵《たんか》。思わず聞き惚れたぞ」

見知らぬ男性の登場に、この場の全員が呆気に取られる。リヴィエラはともかく、メイナール侯爵夫人たちからも「誰？」という空気が伝わってきて、ますます乱入者への謎が深まる。

「さ、いくらここが端っこでも、そろそろ大勢の注目を浴びてしまうぞ。言いたいこと言ってすっきりしただろ？　ご婦人方はどうぞ、自分たちのパートナーのもとへお帰り願おう」

男が指差した方には、三人の男性が怒り心頭といった面持ちで仁王立ちしていた。

彼女たちはそれぞれ蒼白になり、リヴィエラのことなどもう眼中にない様子で慌てて彼らのもとへ駆け寄っていく。

「で、あなたは怪我の手当てをしないとな。いやあ、それにしてもいいものを見せてもらった」

鳥の巣のような髪型をした茶髪の男は、まるで顔を隠すような長い前髪と分厚い眼鏡をしていた。が、その態度は隠れる気なんてないような威風堂々とした佇まいである。隠したいのか目立ちたいのかわからないチグハグさに、リヴィエラは少しの警戒感を滲ませる。

「さすがレイドリック・ウィンバートが選んだ女性なだけあるな。初めてお会いする。俺はアンブローズだ」

その名前をどこかで聞いた覚えがあると思い、記憶を辿ってすぐに気付いた。王太子だ。この国の第一王子であり、王太子でもあるアンブローズ・ディ・ランジア殿下だ。

リヴィエラの表情の変化を敏感に察知したのだろう、彼は自分の口もとに人差し指を当てる。

「今日は内密に参加してるんだ。レイドリックの嫁を見ようと思って」

「え、と。初めてお目にかかります、リヴィエラと申します。失礼ですが、いつから……」

「あなたが『いくつか皆様にお伝えしたいことがあります』と言ったあたりから」

思ったより前だった。王太子も人の会話を盗み聞きするのかと思ってちょっと引いていたら、表情に出ていたのか、アンブローズがごまかすように頬をかく。

「とにかく、今部下に薬箱を取りに行ってもらってる。それが到着するのを休憩室で待とう」

「いえ、殿下のお手を煩わせるのは……」

「いいからいいから。レイドリックにもそこに来いと伝言してるんだ」

そう言われてしまっては断れない。

ただ、ひとつだけ確認しておかなければならないことがある。

リヴィエラは意を決して訊ねた。

「殿下、わたしは赤髪なのですが、よろしいのですか？」

「え？　なんだ、そんなことを気にしてるのか？　さっきあなたが自分で魔女ではないと証明しただろう？　それで十分だ」

あまりにもあっけらかんとしたアンブローズの態度に、リヴィエラの方が言葉を失った。

彼は王族だ。一番『魔女』が憎い存在だろうに、自分で言うのもなんだが、あんな出任せの理論で納得していいのかと追及したい気分になる。

だってそうでないと、今までのリヴィエラはなんだったのだという話になる。

今まで『魔女』だと、『王族に仇《あだ》成す者』だと罵られて散々苦しめられてきた自分は、どうなるというのだ。

当の王族がリヴィエラの赤い髪についてなにも言ってこないなんて、そんなひどい話があるだろうか。

しかし、それが単なる八つ当たりであるのはわかっていたため、リヴィエラは奥歯をぐっと噛みしめてこらえた。

それにおそらくだが、彼はメイナール侯爵夫人たちからリヴィエラを助けてくれた。あのまま彼が乱入しなければますますメイナール侯爵夫人はヒートアップして、いずれ今夜のパーティーをぶち壊してしまっていたかもしれない。

本当はリヴィエラがもっと丸く収められたらよかったのだろうが、社交初心者には難しかった。

休憩室は大広間を出た同じ階《フロア》に用意されているらしく、アンブローズと共に歩いていく。特に屋敷の使用人の案内を必要としていないところを見るに、彼は主催者であるトラヴィス侯爵と懇意にしていて、何度かこの屋敷を訪れたことがあるのだろう。

辿り着いた部屋は、応接間に近い内装だった。

数人が寛げるようにソファとテーブルがいくつかそろっていて、部屋の中央の壁には白いマントルピースの暖炉がある。暖炉の上には大きな鏡が設置されていて、リヴィエラはさっと視線を逸らした。

「あそこに座ろう」

アンブローズに促されて、窓際のテーブルセットを使わせてもらう。休憩室の扉はもちろん隙間を残して開けっぱなしにしている。

「手の傷は痛むか？」

リヴィエラは癖で黙したまま首を横に振ろうとして、さすがに王族にそれは失礼かと思い直した。

「いえ。特には」

「ならいいが、レイドリックは怒るだろうから覚悟しておいた方がいい。俺も、少し怒ってる」

え、と。一瞬にして肝が冷えた。

この立憲君主制のランジア王国において、王族の怒りを買うのが得策でないことくらいリヴィエラにだってわかる。

しかし、アンブローズの心情はリヴィエラの想像とは少しばかり違った。

「あのメイナール侯爵夫人はなぁ、ちょっと厄介で。侯爵に近付くための布石として、どうしてもレイドリックをけしかけるしかなかったんだ。でもまさかあんな風に牽制に来るなんて、読み間違えた自分が情けなくて怒りが湧いてくる。まったく、俺たちも予想しなかったくらいレイドリックにハマっちゃったのか、もしくはプライドが天より高かったのか。あ、それかレイドリックがあまりにも男前だったって線も……いや、これは最初と同じか。男前だからハマったのか」

ちょっとなにを言っているのか要領が掴めなくて混乱した。相槌《あいづち》を打とうにも話の内容についていけなければタイミングが難しい。

ただアンブローズは特に反応を求めていないのか、そんなものがなくても饒舌《じょうぜつ》だった。

「レイドリックってさ、俺とは従兄弟なんだけど。小さい頃からなにをやらせても完璧な男で。

王子の俺より頭はいいし剣の腕もいい。いつも澄まし顔でかわいげのない男だったんだ」

彼の幼少期を知らないリヴィエラは、いつのまにか王太子といる緊張も忘れ、その話に耳を傾けていた。

「なにをやっても勝てないから、俺が拗《す》ねて『手加減しろよ！』って怒ったら本当に手を抜いてきた時もある。なんて生意気な従弟だと思った」

ふふ、と思わず口端から笑みがこぼれた。

「だから今度は『真面目にやれ！』って言ったら、本当に容赦なく負かしてきやがったんだ。どれだけかわいげがないんだともはや唖然としたな」

やれやれと首を横に振って、アンブローズがわざとらしくため息をつく。

「でも俺の片腕として仕えるようになってからは、無理をしてでも愛想を持たせた。それが今のレイドリックだ。あなたが、周囲が、誰もが知る、レイドリック・ウィンバートだ」

少しだけ落ちた声のトーンが、アンブローズの後悔を伝えてくるようで首を捻る。

レイドリックに愛想が備わったことが、アンブローズにとっては罪悪感を募らせることなのだろうか。

「本来のあいつはね、かわいげはないし澄まし顔だし怒りっぽいところもある。でもたぶん、本当は一途《いちず》だしなんだかんだ優しいところがあるし、あと、あれだ……い、一途だと思うんだよ……たぶんだけど」

リヴィエラはますます混乱を極めた。つまりアンブローズは、なにが言いたいのだろう。

「いや、たぶんって言うのはさ、俺もあいつが本気になったところを見たことがないから知らないというか。だから見捨てないでやってというか」

「……もしかして、旦那様から離婚の話を聞いたのでしょうか？」

「………まあ、そうなる」

気まずそうに目線を逸らしたアンブローズに、リヴィエラはつい噴きだしてしまった。

もしかしてリヴィエラに会いに来たのはそれが目的だったのかと思うと、最初に感じた彼への理不尽な怒りもすうっと消えていく。

「大丈夫です、殿下。旦那様の本来のお姿が嫌になって、申し出たものではありませんので」

「いや、確かに本当の理由は知ってるんだけど……って、え!?　あいつの本性知ってるの!?」

「？　はい」

ええー……とアンブローズがなんとも言えない顔をする。

リヴィエラとしても意外と親しみやすい王太子になんとも言えない気持ちになった。

「そっかぁ……あいつ、本性バラしたんだ。そ、そっか。そこまで本気かー……——まずい俺殺される」

リヴィエラが首を傾けた時、休憩室の扉が勢いよく開いた。

「リヴィエラ！」

叫ぶように名前を呼ばれて振り返れば、大股で部屋の中に入ってくるレイドリックと目が合った。ワインのかかった服から無事に着替えられたようで、最初とはデザインの異なる衣装を着ていた。

彼の手には薬箱がある。

「怪我をしたって。どこ？　見せて」

その慌てようと迫力に負けて、素直に左手を差しだしてしまう。彼が手慣れたように軟膏《なんこう》を塗っていく。

処置が終わると、軟膏を薬箱に仕舞ったレイドリックが地を這うような声で言った。

「それで、誰なの？　君の柔肌にこんなひどい傷を作ったのは」

「あの、わたしです」

「……庇わなくていいよ。正直に言って」

「いいえ、本当にわたしです」

「本当にリヴィエラ嬢だ。俺も見てた」

はあ?!というレイドリックのドスの効いた声が響く。

「見てた？　見てたって言ったか、今？」

「言ったな」

アンブローズの額からだらだらと汗が流れ落ちていくのが見えた。

「本当にこの傷がリヴィエラ自身の行為だったとして、なんでアンブローズがいながらそんな展開になった？　そもそもなんで君がここにいる？　その間抜けな変装もなんだ」

「いや、変装しないといろいろとまずいだろ？　ここにいるのは気分転換というか」

立場はアンブローズの方が上のはずなのに、従兄弟だからか、レイドリックは容赦がない。

「気分転換で王太子が王宮を抜けだしてくるなよ。どうせまた仕事をサボってるんだろ、人に押しつけて」

「はあ？」

「ああ、それは反省してる。さっきだいぶ反省した」

ここまで怒るレイドリックも珍しい。新鮮な思いで眺めていたら、気付いた彼が複雑そうに目を細めた。

「なんで目を輝かせてるの、リヴィエラ……」

「す、すみません。つい」

「いいじゃないか、レイドリック。おまえの素顔を受け入れてくれてる証拠だろ？　それに怪我の件は悪かったと思ってるが、俺の助けなんていらないくらいカッコいい啖呵を切ってたぞ」

啖呵？　切った？　リヴィエラが？と レイドリックが目をまん丸と開ける。

「おまえにも見せたかった。レイドリックは『ものじゃない』と怒ったり、論理的に魔女でないと証明したり。最後の決め台詞《ぜりふ》なんて……」

「で、殿下！　それ以上はっ」

「なんだ？　恥ずかしがることはない。あれはスカッとしたぞ、個人的に」

「ダメです。恥ずかしいです。やめてください」

リヴィエラとしては本気のお願いだったのだが、アンブローズには伝わっていないのか、軽い調子で笑っている。

遊び相手が出しゃばらないでなんて、本当はリヴィエラが言えるようなことではないのだ。

リヴィエラだって彼の本命ではないのだから。

なんならリヴィエラは「遊び」相手にも選ばれなかった人間だ。

だからこそどの口で言っているのだと思われたくなくて、アンブローズを必死に止めた。

すると、そんなふたりのやり取りを見たレイドリックが、呆然とした様子で呟いた。

「ねえ、ふたり、さっきからなにそれ？　いつのまにそんな仲良くなったの？」

「ついさっきだ」

レイドリックの様子に気付いているのかいないのか、アンブローズが誇らしげに答える。

「リヴィエラ嬢はこれまでおまえに寄ってきた女性と全然違うから、なんかいい。俺の潔癖の原因、おまえに寄ってきた女性だしな」

「そんなことどうでもいいよ。どういうつもり？」

「どういうつもりって？」

「本気で俺とやり合うつもりか？」

アンブローズがハッとして口もとを押さえる。リヴィエラにはわからなかったレイドリックの言葉の意味を、彼は正しく読み取ったらしい。

勢いよく首を横に振った。

「まさか！　違うって！　確かに話しやすいし度胸あっていいなとは思ったけど、俺はただ泣き落とし作戦を俺の方でもやっておこうかなって思っただけでっ。それ以外の意図なんてないって！」

「……もういい。リヴィエラ、帰るよ」

怪我をしていない方の腕を取られて、引っ張られるがままついていく。困惑しながらアンブローズを振り返ると、彼は顔の前で手を合わせていた。

挨拶もまともにせず退室するのは失礼だろうと思っていたので、気にしてなさそうなアンブローズを見てホッと胸を撫で下ろす。

しかし、レイドリックの方の機嫌は降下した。

「いいよ、アンブローズに愛想なんか向けなくても」

よくはないのではと思うけれど、それを進言しないだけの空気を読むスキルはリヴィエラにも備わっている。頷くのも違うような気がして、ごまかすために話をすり替えた。

「怪我の手当て、ありがとうございました」

他の参加者たちはまだパーティーの真っ最中のため、玄関ホールには使用人くらいしか人影がない。

侯爵家の従僕が見送ってくれる中、ふたりはウィンバート公爵家の家紋が刻まれた馬車に乗り込んだ。

対面に座るのかと思いきや、レイドリックはリヴィエラの隣に腰を下ろす。

「手当ては当然だから気にしなくていい。それより、守れなくてごめんね」

労るような手つきで左手を握り込まれて、鼓動が勝手に早まっていく。

「それこそお気になさらないでください。自分でやったことですし、殿下が助けてくださったので」

「……アンブローズが？」

はい、とレイドリックを安心させるために微笑んだ。

「とてもスマートに助けてくださいました。やはり王族の方はああいう場面でもそつがないのですね。それに、この髪についても、全然気にされなくて」

拍子抜け、という言葉がしっくりくるほどのアンブローズの反応には、まだ少し戸惑っている部分もあるけれど。

「旦那様のことも伺ったんですよ。本当に幼少の頃からご一緒なんですね」

その時の、かわいげがないと悪態をつきながらも優しい眼差しをしていたアンブローズの顔を思い出して、リヴィエラも我知らず目を細めた。

「殿下にお会いできて、よかったです」

「っ……」

ぐいっと、急に両頬を包まれて彼の方へ顔を向けさせられる。苦しそうに歪む眉と余裕のない瞳が視界に入った。途端、今度は近すぎる彼の鼻と口もとだけが視界を埋め尽くす。

身体の反射すら凌駕《りょうが》するほどの急展開に固まっていたら、今にも唇が触れてしまいそうな距離でレイドリックがぴたりと止まった。

近すぎて彼の顔が見えない。表情がわからない。

わかるのは、あとほんのちょっとでもどちらかが動いたら、互いの唇が重なってしまうということだけだ。

「〜〜っ君の」

レイドリックが苦しげに囁く。

「君の口を、このまま、塞げたらいいのに」

吐息が触れる。熱い。心臓が壊れたように脈動している。

「他の男なんて褒めないで。会えてよかったなんて、嬉しそうに言わないで」

返したい言葉があるのに、触れそうな距離が恥ずかしくて口を開けない。

すると、不意に視界が開けたと思ったら、彼がリヴィエラの肩に額を預けていた。

「皮肉だな。絶対に理解できないと思ってたのに、今ならリシェルディの仮面舞踏会を理解できる気がするよ。主人公の女性に共感してしまいそうになる」

禁断の恋に落ち、愛した男が他の女性と結婚してしまったために、その愛した男を殺して自分も死を選んだ哀れな女。

観劇の夜、彼は主人公のその行動には懐疑的だった――『相手を殺すほどの〝愛〟が、本当に純愛と呼べるものなのか』と、そうこぼして。そのことを言っているのだろうか。

「旦那様、あの」

「まだ、君に言えていないことがある」

その時突然、レイドリックが顔を上げた。

気圧されそうなほど真剣な眼差しに貫かれる。

「だからせめて、舞踏会まで待ってくれないか。挽回する機会が欲しいんだ」

「挽回って」

「その時に全部話す。隠し事もしない。だから……」

どんどん詰められていく距離は、はたしてわざとなのか、それとも無意識なのか。

どちらにしろタチが悪いと思いながら、リヴィエラは速くなる自身の鼓動に気付かないふりをして答えた。

「っ、わかりました。わかりましたから、これ以上はちょっと……」

「本当にわかってる？」

「わ、わかってます」

そう、と彼は呟くと。

「なら、覚悟しておいてね」

最後の最後に不穏な言葉を残して、にっこりと笑ったのだった。

第四章　運命の夜

空気は湿り、空には昼のうちから大群で押し寄せてきていた雲がまだ居座っている。

日中に降っていた時雨はもうやんでいるものの、夜空には星明かりひとつ見当たらない。

（寒いわ）

久々に真冬の外の空気を感じている。一年前の同じ時期は、例によって家に引きこもっていたリヴィエラだが、冬がこれほど寒いものであることを忘れていた。

口から吐いた息が白く濁り、空気に溶けるように消えていく。

「寒い？」

隣から気遣わしげな声が落ちてきて、声の主を見上げる。正装のために髪を上げたレイドリックは、彫刻のように凛々しい美貌を惜しげもなく晒していた。

「鼻が赤いね。やっぱりもう少し着込んだ方がよかったんじゃない？」

歩きながら身を屈ませた彼が、リヴィエラの頬をするりと撫でた。「冷たっ」と小さく声をあげる彼に、リヴィエラの心境は複雑だ。

――ついに今宵、約束の舞踏会が催される。

さすが王宮で開催される舞踏会は規模が一貴族のものとはまったく異なり、参加者も段違いに多い。

デビュタントを幕開けとして社交シーズンが始まったが、今日の舞踏会はシーズンが始まってから王宮で開かれる最初の夜会でもある。そのため、国内貴族はほぼ全家門が招待されているのだろう。

続々と王宮のアプローチに到着する馬車を横目に、リヴィエラは人の流れに沿ってレイドリックと共に玄関ホールへ進んでいった。

今夜のリヴィエラは、以前レイドリックが贈ってくれた深い青色のドレスを身に纏っている。さすがに道中は寒くて外套などの防寒着を着ていたが、王宮内に入り、ウェイティングルームに案内された時にはドレス一枚になる。

レイドリックの夜空を映す瞳のように、スカートの裾に刺繍された銀糸がシャンデリアの光を浴びてきらきらと輝く。袖のレースがリヴィエラの白い肌に映えていて、それを見たレイドリックによってグローブが予定のものより長い肘丈のものになったのは謎だが。

彼の色を身に纏うことに、罪悪感がなかったと言えば嘘になる。

けれど彼との婚姻生活も今日が最後だと思うと、リヴィエラは思い出を作るように袖に腕を通していた。

（これが終わったら、やっと離縁状に署名をもらえる）

レイドリックがなぜこの舞踏会まで待ってほしいと言ってきたのか、結局わからずじまいではあるけれど、シーズン開始後に初めて王宮で開催される舞踏会くらいは夫婦で参加した方がいいだろうと考えたのかもしれない。

なにせ結婚後、レイドリックの持つ肩書きにはあるまじきことに、リヴィエラはまだ国王夫妻への挨拶を済ませていなかった。レイドリックの母が現王の妹であるのは周知の事実であるため、せめて離婚前に一度くらいは挨拶に伺うべきだろう。

王宮にある舞踏の間の扉前で、レイドリックと腕を組んで入場の順番を待つ。

（大丈夫、大丈夫。最初で最後。なにを言われても、どんな目で見られても、旦那様の隣にいるに相応しい対応で振る舞わないと）

緊張から喉を鳴らして、震えそうになる足に力を入れた。

「ウィンバート公子夫妻のご入場です！」

目の前の大きな扉がゆっくりと左右に開かれていく。眩しさにやや目を細めた。

ぶわっと、管弦楽団の優美な音色と参加者たちの雑多な声が洪水のように耳に流れ込んできて、一瞬呆気に取られてしまう。

しかし一歩踏みだしたレイドリックにエスコートされて、心の中で気合を入れ直すと、リヴィエラも力強く足を踏みだしたのだった。

「まあ、見て。あの髪」

「じゃあの方が噂の？」

潜めているようで遠慮のない囁き声が聞こえてくるたび、足に鉛が溜まっていくような心地がする。

まだ舞踏会は始まっていない。今夜の主催はどうやら国王夫妻ではなく、王太子であるアンブローズだという。

そのため、アンブローズが入場し、彼がどこかの令嬢とファーストダンスを踊って初めて、この舞踏会は正式に開催宣言がなされるわけだ。

それまでは皆、各々好きなように歓談して過ごしている。

「本当に『魔女』のような髪ね」

「魔女らしく欲に忠実なんでしょう？」

くすくすと忍び笑う声が耳に届いた時、

「ひぁっ」

つぅと、腰をなぞられる感覚がした。

思わず背筋を伸ばし、隣のレイドリックを仰ぎ見る。彼は艶めいた笑みで口角を上げていた。

「そう。そうやって俺を見ているといいよ。この前のようにもう一度魔法をかけてあげようか？」

彼の言う『この前』が、観劇に行った夜のことだとすぐにわかった。

あの時も似たようなことを言われて彼にエスコートされていたら、いつのまにか席に辿り着いていたのだ。一時でも周囲の視線を忘れられていた。

それを思い出して、リヴィエラはまっすぐ前を見据える。彼に甘えてまた魔法をかけてもらうのは、きっと楽で簡単だろう。

でもそれではいけないのだと、己を叱咤《しった》する。

今日の自分は、彼の隣に相応しい自分でいると決めたのだ。

彼の妻として王宮の舞踏会に参加する、最初で最後の夜。だからこそ、頑張りたい。

「旦那様。もしわたしがまた俯きそうになったら、腰をつねっていただけますか?」

最後くらい、彼の自慢の妻でいたい。

「わかった。じゃあまた、こうしてイタズラしてあげる」

妖しい意図をもって腰を這う指先に、リヴィエラは再び声をあげそうになった。

恨めしげに上目遣いで抗議すると、彼が片手で口もとを押さえて顔を逸らす。

どれだけくすぐったいか身をもって知ればいいとお返ししてみるが、どれだけ背中をなぞってみても、彼は悲鳴の「ひ」の字もあげないのでつまらない。

「ははっ。待って。やることがかわいすぎるんだけど」

「わたしは真剣です」

「俺の服はドレスより生地が硬いからな。意趣返しには向いてないよ。イタズラするならこっちにどうぞ」

そう言って彼が腰を屈める。まるで頬を差しだされているような状況に困惑していたら、レイドリックが自分の頬を指差して続けた。

「イタズラにはキスと相場が決まってる」

「……!?」

どこの相場ですかとか、そんなわけないですよねとか、頭の中がパニックになっていた時、かなり近い場所からまた人の声が耳に届いた。

「ね、ねえちょっと！　どういうこと？　ウィンバート公子様があんな楽しそうに……！」

「いや、俺が知るわけないだろ。ちょ、服を引っ張るなっ」

ちらりと視線だけで振り返ってみたら、すぐ後ろにいたふたり組のうち、女性の方が男性のジャケットを掴んで揺さぶっていた。

「しかもイチャイチャしてる～！　あまり人の多いところではベタベタしない方なのにっ」

女性のその声が聞こえてきた瞬間、リヴィエラは降参ポーズのように両手を挙げ、さっとレイドリックから距離を取った。

そのあまりの俊敏さにはレイドリックもびっくりしたようで、目をぱちぱちと瞬いている。

今のなにが「イチャイチャ」に当たるのかは理解できなかったけれど、イチャイチャという言葉の意味はリヴィエラも知っていた。だから離れた。

「リヴィエラ」

レイドリックが眉尻を下げながら手を差しだしてくる。

「そんなに離れられたら寂しいよ。おいで」

顔に熱が上るのを、どうしても止められなかった。本当に寂しそうな表情をする彼に、完全に絆されてしまう。

おずおずと歩いていき、もう一度彼の腕に自分の腕を絡める。

内心でため息をつくと、リヴィエラは「女たらし」の実力に密かに戦慄した。本命でないリヴィエラ相手にあんな表情を作れるなんて、彼は舞台役者にだってなれるだろう。

早く舞踏会が始まって、早く終わってくれないかなと思い始めた時、ようやく入場時のコールで王太子の名前があがった。

「アンブローズ王太子殿下、並びにラシェル・ミリング様のご入場です！」

アンブローズの名前の後に続いたパートナーの名前に、リヴィエラは時が止まったように硬直する。

（え、今……えっ？）

どういうことだろう。そんなはずはないのに。聞き間違いだろうか。それとも名前が同じだけの、赤の他人か。

（どういうこと？）

混乱の渦に巻き込まれながらも見上げた視線の先には、二階から会場となる一階ホールへ下りてくるふたりの姿が確かに認識できた。

ラシェルは柔らかい薄桃色の髪をふわりと揺らし、瑞々しい肌と豊満な胸を強調するようなローブデコルテのドレスを着て、懐かしい湖水の瞳をにんまりと細めている。

甘えるようにアンブローズの腕に自身の腕を絡めていて、遠目からでもふたりの甘い空気が伝わってくるようだった。

リヴィエラはたまらずレイドリックの腕を引いて、観劇の夜に彼がしてくれたように、今度は自分が彼の両頬を包み込んでラシェルたちが見えないようにした。

「リヴィエラ？　どうしたの？」

「あ、あの。なんというか、これは」

こういう時、話し下手な自分が本当に嫌になる。レイドリックのように気の利いた言葉なんてなにも浮かんでこなくて、突拍子もない行動をごまかすこともできない。

すると、レイドリックがふっと笑った。

「大胆だね、人前で」

「いえ、違うんです。ただ」

「――ただ、見せないように？」

核心をつく彼のひと言に、リヴィエラは息を呑む。

彼はたまにふざけているように見せて急に真剣な空気を醸しだしてくるから、なんとも心臓に悪い。

リヴィエラが控えめに頷くと、彼が目もとを緩めた。

「優しいね、リヴィエラは」

人を褒めるような言葉とは裏腹に、藍色の瞳にはどこか悲しげな色が浮かんでいる。

「その優しさを、素直に受け取れなくてごめんね」

ダンスホールの中央で、ファーストダンスが始まった。

ラシェルが踊れるのは知っている。彼女は貴族籍こそ持っていないものの、資産家の娘ではある。裕福な家が集まるパーティーによく出席しているらしく、社交ダンスは教養として両親から叩き込まれたのだと話していた。

硬派な見た目のアンブローズと、小動物のようにかわいらしいラシェルは、友人の贔屓《ひいき》目なんてなくてもお似合いだ。

お似合いだからこそ、隣にいるレイドリックの顔を見られない。

好きな人に振り向いてもらえない辛さはリヴィエラもよく知っている。彼が今そうとわかる表情をしていたらと思うと、怖くて隣を向けなかった。

リヴィエラはてっきりラシェルとレイドリックが恋仲だと思っていたけれど、舞踏会でアンブローズのパートナーとして出席したということは違ったのだろうか。

リヴィエラが目撃したふたりは、まだレイドリックがアプローチをかけていた途中のことだったのだろうか。

リヴィエラのそんな疑問に答えるようなひそひそ声が聞こえてくる。

「あの平民、やっぱり殿下を選んだわね。わかってるのかしら、従兄弟であるおふたりの間に自分が亀裂を入れたこと」

「わかってないからあれだけ荒らしていたのよ。お兄様が秘書室に勤めてるけど、ある日びしょ濡れのウィンバート公子様が殿下の執務室から出てきたって」

「まあ」

「真実の愛なんて言ってるらしいけど、傍から見ればただの男漁《あさ》りだわ。それに、どっちにしろ所詮愛人止まりよ、平民なんて」

また別の男性同士の会話では。

「女は怖いね。従兄弟を手玉にとって、最終的には権力を取ったらしい。次期公爵を選んで悠々自適の愛人生活も魅力的だったろうに」

「あの社交界きっての色男が振られたなら、まあ、金はどっちも持ってるだろうし、決め手は権力だろうな。にしても、あんなに女性との噂がなかった殿下も、やっぱり男だったってことか」

「あの顔にあの身体はそそるよ。ぜひ俺もひと晩お相手願いたいね、なんて」

なんだか品のない会話のような気がして、リヴィエラは声の主たちを振り返り様に睨む。友人をそんな風に噂されて黙っているわけにはいかない。

リヴィエラの視線に気付いた男たちがそそくさと離れていく。去り際に「魔女のお怒りだ」なんて揶揄されたが、そんな言葉で傷つくリヴィエラではない。

「あれはソーン男爵の次男と、リッチモンド子爵の三男だ」

突拍子もなくレイドリックがそう言って、にこりと笑みを貼りつけた。

「後で彼らには、たっぷりと目に物を見せてやろう」

瞳のあまりの冷ややかさにゾッとする。ラシェルの名誉を傷つけるような発言に怒ったのだろう。

（あら。でもそれじゃあ、女性の方は？）

去っていった男性ふたりの会話が聞こえたなら、当然その前に噂していた女性ふたりの会話も聞こえたはずだ。

けれどもその女性ふたりに対しては、彼はなにも言及しなかった。相手が女性だったからだろうか。レイドリックは紳士的な人だから。

そう思ったのだが。

「それと、入場してすぐに君を嘲笑った女性たちもね。ぬかりなく全員の顔と名前は覚えてる」

覚えてるから、なんなのだろう。その続きは不穏な気配しか漂ってこなくて、確認するのをためらってしまう。

ただ、もしかしてという淡い期待が生まれた。

もしかして彼は、リヴィエラのことを「魔女」と呼んだ人に対してあんなことを言ってくれたのだろうか。

今日で彼との繋がりはきっとなくなってしまうだろうけれど、リヴィエラのためを思って怒ってくれた人がいたというのは一生の思い出にしよう。この思い出を支えに、今後も頑張っていける気がするから。

(だからこそ)

ファーストダンスを終えたラシェルを、リヴィエラは静かに見据える。

(ラシェルの気持ちを、ちゃんと確かめないと)

ふたりのデートを目撃したあの日、ラシェルはどう見てもレイドリックに恋をしているように見えた。

それに、先ほどの女性たちが話していた内容も気になる。

(わたしは契約妻だけど、旦那様に――レイドリック様に、幸せになってもらいたいわ)

だからもし、万が一、ラシェルが彼女たちの言うように彼を弄んだのなら、ちゃんと話をしなければばならない。友人だからこそ、直接。いつか読んだ指南書にはそう書いてあった。

そうして、リヴィエラがなにかを画策しなくても、ダンスを終えたアンブローズとラシェルが仲睦まじげにこちらに寄ってきた。

ちらりと見上げたレイドリックも、どうやら気付いているようだ。

彼が動きだす。腕を組んでいるリヴィエラも必然的に後を追うように歩きだした。

他の参加客たちが銘々にダンスを踊り始める。

「やあ、レイドリック。それとウィンバート公子夫人は、初めましてだな」

アンブローズから声をかけてくれたが、彼の最後の言葉には虚を衝かれた。

しかしすぐに前回アンブローズが変装していたことを思い出し、彼が今日の出会いを「初めて」にしたいのだと察する。

アンブローズは前回見た茶髪ではなく、彼によく似合う銀髪をオールバックにしてまとめていた。

リヴィエラはレイドリックから手を放し、カーテシーで挨拶をする。

「王太子殿下に初めて拝謁いたします。リヴィエラ・ウィンバートです」

「ああ、堅苦しい挨拶はいい。ところで、君はラシェルと友人だと聞いたんだが」

「リヴィエラ、久しぶり！　元気にしてた？」

「え、ええ」

レイドリックを前にしても一点の曇りもない笑顔を見せたラシェルに、リヴィエラは若干の狼狽を隠せない。

「夫人にはまだ言ってないんだったか、ラシェル？」

「そうなの。だからわたしがここにいることに驚いてるみたい。ねえアンブローズ様、ちょっとリヴィエラと話してきてもいい？」

「ああ。じゃあ俺はレイドリックと——男同士の話をしようかな？」

以前には見せなかったような挑発的な眼差しで、アンブローズが口角を上げる。

一方のレイドリックも、売られた喧嘩は買ってやろうとでも言うような不敵な笑みで応じていた。

「ええ、構いませんよ。私も殿下にお話がありますから」

「じゃあ行こ、リヴィエラ」

ラシェルに腕を取られて、リヴィエラは会場の隅へ移動させられる。

途中で振り返ると、先ほどまでいた場所にはもうレイドリックもアンブローズもいなかった。

食事が提供されているエリアまで来ると、ラシェルがワインの入ったグラスを手に取り、ひと口喉へ流し込む。

リヴィエラも勧められたが、遠慮した。

「ラシェル、どうしてあなたがここにいるの？」

ずっと聞きたくて聞けなかったことを、ようやく本人に訊ねた。

「ふふ、驚いた？　実はわたしね、リヴィエラの仮面舞踏会の招待状で、貴族との人脈を作ってたのよ」

初めて知る事実に素直に驚愕する。

仮面舞踏会では一夜の恋を楽しんでいると言っていたけれど、まさかそんなことまでしていたとは。

「でも、あれはわたしの名前じゃ……？」

「もう、リヴィエラったら。仮面舞踏会では素性を明かさないのが常識《マナー》よ？　だからね、人脈作りはその後。結構大変だったけど、半年以上も時間をかけたかいがあって、アンブローズ様と恋人になれたの」

嬉しそうに破顔する彼女と同じように、リヴィエラは笑ってあげられない。

友人の恋を応援したい気持ちと、レイドリックの心を思って切なくなる気持ちと、そして……ラシェルがレイドリックを選ばなかった仄暗い喜びが綯い交ぜになって、どんな顔をすればいいのか自分でもわからなかった。

「それでね、リヴィエラにお願いがあって。仮面舞踏会で入れ替わってたの、内緒にしてくれない？」

「どうして？」

「だってほら、恥ずかしいじゃない。アンブローズ様とは運命だったけど、他の人は違ったんだもん。あれを知られたらわたし、なんだか軽い女みたいでしょ？」

ズキッと胸が痛む。ラシェルはアンブローズを運命と言い、他は違うと言う。つまりそれは、レイドリックは違ったということだ。あんなに仲睦まじく歩いていたのに。

レイドリックを蔑ろにされたようで、友人のはずのラシェルに対して黒い熱が沸々と胃を逆流してきそうになる。

でもそれがリヴィエラの勝手な感情であることは理性で理解していたから、ぐっと喉に力を込めて飛びださないよう我慢した。

人知れず深呼吸を繰り返して気を落ち着けていた時、ラシェルがなにかに気付いたようにハッと息を呑んだのを視認する。

彼女の顔が強張っている。リヴィエラを通り越してどこかを見つめたまま動かない。

なにがあるのだろうと気になって、リヴィエラも後ろを振り向いた。

けれど特に目に付くようなものはなにもない。というより、壁と向かい合うように立っているリヴィエラの後ろは広い会場となっているため、歓談したりダンスを踊ったりしている人で溢れ返っていて、ラシェルがなにを見たのか目星を付けるのが難しい。

「リヴィエラ、これあげる」

ラシェルが視線を動かさないまま硬い声で言った。

まだワインが少し残っているグラスを渡されて、リヴィエラはグラスとラシェルを交互に見やる。

「じゃ、また今度話しましょ」

「待ってラシェ、ル……」

リヴィエラの制止の言葉なんて一切聞かずに、ラシェルは人混みの中に紛れていく。

手もとのグラスを見下ろした。夜会の参加率が底辺のリヴィエラでは、飲みかけをどうすればいいのか判断できない。

飲み干した方がいいのか。それとももとのグラスが並ぶテーブルに戻していいのか。いや、さすがに新しいワイン入りグラスと飲みかけのグラスを一緒に並べるのは常識としておかしいのだけはわかる。

仕方なく残りのワインを一気に呷《あお》って——すぐに後悔した。


（うー、顔が熱い）

これまでまともな社交をしてこなかったリヴィエラは、飲酒の経験がない。辺境伯領は水が豊かで、その領主の娘だったリヴィエラはアルコールではなく水や紅茶で育ったのもあって、余計にアルコールに触れる機会がなかったのだ。

ゆえに自分がどの程度アルコールに強いのか、はたまた弱いのか、把握していなかった。

（そういえば、公爵家でも食事の時、水だったわ）

ずっとそれが当たり前の毎日を送ってきたために、今さらその特殊性に気付く。本来なら水は貴重なため、食事の際に出されるのはワインが多い。実際、食事を共にしていたレイドリックはワインを飲んでいた。

なのにリヴィエラがなにも言わなくても水を出してくれていたのは、もしかするとレイドリックが配慮してくれていたからなのかもしれない。なぜ彼がリヴィエラの習慣を知っていたのかは謎だけれど、今はそんなことより、彼のそのさりげない気遣いに感動を覚える。

（私、契約妻なのに、優しい……）

そうして、リヴィエラは今日生まれて初めて、自分がすこぶるお酒に弱いことを知った。

ラシェルの残したワインは最初に注がれた量の半分も残っていなかったはずなのに、リヴィエラの頬はもう真っ赤だ。グラスに映った自分の顔を見て、リヴィエラ自身もそれを確認している。

頭も少しだけくらくらする。というより、気分がふわふわして、今ならなんでもできそうな全能感が全身を包んでいる。

そこでリヴィエラは、ラシェルを捜すことにした。

彼女はレイドリックについてなにも話題にしなかったので、そのあたりを聞きだそうと思ったからだ。

そしてもし、ラシェルがレイドリックの心を弄んだというのなら、友人として、レイドリックの契約妻として、ひと言物申さないと気が済まない。アルコールのせいでいつもより気が大きくなっている自分を、リヴィエラはまったく自覚していなかった。

しかし舞踏の間をどれだけ捜してもラシェルは見つからなかった。ラシェルどころかレイドリックやアンブローズも見かけない。

不思議に思ったリヴィエラは、以前アンブローズに連れていってもらったように休憩室にラシェルがいるのではないかという考えに至った。

舞踏の間から廊下へ出ると、少しだけ涼やかな空気が肌を滑る。舞踏の間は人の熱気で覆われていたため寒さを感じなかったが、急に今の季節を思い出したように身震いする。

さて休憩室はどこだろうと、さっそく問題にぶち当たった。給仕のために歩いていたその辺のひとりを捕まえたら、赤い髪のせいで後ずさられる。

いつものリヴィエラならそもそも見知らぬ人に訊ねようとはしないので、この時もアルコールの力で乗り切った。何度も「お願いします」と繰り返していると哀れに思われたのか、恐る恐る場所を教えてくれた。ついでに蜂蜜水をくれたので、ありがたくアルコール以外の水分を体内に補給する。

蜂蜜水と廊下の冷気のおかげで少しだけ冷静さを取り戻したリヴィエラは、羞恥心に襲われながら休憩室へ向かっていた。

（お酒はもう、二度と飲まないわ……）

たったあれだけのことでも、リヴィエラにとっては恥ずかしくて仕方ない。人前であんな醜態を晒したのは初めてだ。

まだちょっとだけ足もとがふらつくこともあり、どうせならラシェルがいてもいなくても休憩室で休んでいこうかなという気分になる。

やがて辿り着いた一室に、足を踏み入れる。

おそらくここで合っているとは思うけれど、人は誰もいなかった。侯爵家のパーティーでアンブローズが連れていってくれた部屋とは違い、まるで客室のような内装に首を捻る。

というのも、休憩のためのソファやテーブルはもちろんあるのだが、加えて立派な天蓋付きのベッドまで備わっていたからだ。

テーブルの上には、休憩に来た客用になのか、ボトルワインとグラスがふたつ用意されている。誰でもご自由にどうぞと言わんばかりの佇まいだ。

とりあえずリヴィエラはソファに座った。もちろんワインには手を付けない。

そうして人心地ついてみたが、だんだんそわそわし始める。

ワインのせいで判断能力が鈍っていたけれど、よくよく考えたらレイドリックになにも言わずに会場を出てきてしまった。もし彼も同じようにリヴィエラを捜していたらと思うと、申し訳なくなってくる。

すっくと立ち上がって戻ろうとした時、運悪くこの部屋に近付いてくる人の気配を感じた。

それだけならすれ違えばいいのだが、だんだんはっきりと聞こえてきた声がラシェルのもので、話し相手の声がレイドリックのものでもアンブローズのものでもなかったために、リヴィエラは直感的にカーテンの裏へ身を潜める。

「本当ですってばっ。俺、なにもしゃべってないです！」

ひしゃげたように憐れな声音で叫びながら、男が部屋に入ってくる。聞き覚えがあるような、ないような、そんな声だ。

カーテンの裏に隠れているため、残念ながら男の姿は見えない。

扉が閉まる音がして、リヴィエラの心臓がアルコールを飲んだ時よりも早鐘を打っていく。

通常、夫婦でもない限り、男女がふたりいる部屋の扉を完全に閉めるのは御法度である。

ラシェルは確かに貴族ではないし、彼女自身貴族のそういうルールに辟易していたのは知っているけれど、王太子の恋人になったのであればさすがに「わたしは平民だから」というのは免罪符にならないだろう。

彼女には鬱陶しがられるかもしれないけれど、ラシェルのためにも教えてあげた方がいいだろうかと逡巡し、もしここで彼女が男に襲われたら大変だという心配もあり、リヴィエラはカーテンの裏から出ようとした。

が、それより先に、今夜の気温より冷たい声が男を一刀両断する。

「は？　なにもしゃべってないからなに？　当たり前でしょそんなこと。わたしが聞いてるのはなんでここにいるのかってことよ。あんた捕まってたんじゃないの？」

リヴィエラは一瞬、その声が誰のものか判別できなかった。それくらいリヴィエラの知る彼女の愛らしい声からはかけ離れていたからだ。口調もだいぶ違う。

けれどここには三人の人間しかおらず、どう聞いてもそれが女性の声である以上、自分でないなら残る可能性はラシェルしかいない。

「捕まってたんですけど、俺がしゃべらなかったんで。だってあの時はほら、俺、あんたに足蹴にされてたでしょ？　それで被害者と思われたのか、なんとか釈放されたんすよ」

「だったら足蹴にしたわたしに感謝しなさい。でもそれで、な～んでこ・こ・に！　いるのかって聞いてんのよ！」

「薬だよ！　もう切れちまって辛いんだ！　それであんたを捜してたら、今日ここに来るって聞いて……なあ頼むよ、なんでもするから売ってくれよぉ！」

「触んないで！」

鈍い打撃音が聞こえたと思ったら、男のうめき声が耳をつく。

リヴィエラの脳内では混乱の嵐が巻き起こっていた。会話の内容どれをとっても意味がわからなくて、考えようと頭を働かせるのに、まとまった思考になってくれない。

その後もしばらくなにかを殴るような音が続き、リヴィエラの足は完全に竦んでいた。

「本当に使えない、この木偶《でく》の坊が！　わたしがどれだけ苦労して王太子に近付いたと思ってんの？　半年以上よ⁉　下準備入れたら一年よ！　引きこもりのお嬢様は簡単に騙せたけど、王太子とその側近は怪しまれないようにするのが大変だったのに！　おまえの！　せいで！　パアになったらどうしてくれんのよ！」

「す、すみませんっ。すみません。薬、薬くださいっ。お願いします、薬っ」

「はん、それしか言えない能なしが」

震える手を必死に口もとへ持っていき、リヴィエラは声を出さないよう、とにかく耐えた。

カーテン越しに繰り広げられている変事は、あまりにもリヴィエラの知る現実と乖離《かいり》している。本当はカーテンの向こうにはラシェルではなく、まったくの別人がいるのではないかと思いたくて仕方なかった。

けれど、唯一の友人だと慕っていた彼女の声をこれだけ聞けば、さすがにもう自分をごまかすことはできない。

口調が変わろうとも、どれだけ自分が否定したくても、事実が事実としてそこに在る。

やっと鈍い音がやみ、リヴィエラもほんの少しだけ胸を撫で下ろした。

「はあ、もういいわ。このアリバイ作りはリヴィエラに頼もうかな。押せば頷いてくれそうだし」

突如として自分の名前を出され、心臓がドキッと跳ねる。

「ふふ。それにしても、リヴィエラも馬鹿よねぇ。あんなかわいく着飾っちゃって。自分の夫が他の女に奪《と》られたとも知らないでさ～。――そうだ。レイドリックに頼むのもアリかも。遊び人って聞いてたわりにはわたしにぞっこんみたいだし」

まるでスイッチが切り替わるように、ラシェルの声色に急に機嫌のよさが滲みだす。

「やっぱり人の男を取るのって快感よねぇ。ね？　あんたもそう思うでしょ？」

「そ、そう、ですね」

同意を求められた男は、息も絶え絶えになりながら答えた。

「うふふ。男を手玉に取るのってどうしてこんなに気持ちいいんだろ。相手がいい男であればあるほど最高なの、よ、ね！」

「ぅぐっ。そ、そう、すねっ」

苦痛に呻く男の声がまた聞こえてくる。見えないけれど、なにかしらの暴力を受けているのだろうと察してしまう。

「うん、決～めた。レイドリックにしよ」

「ま、待って。薬……薬、は」

「え～。じゃあ、レイドリックをここに連れてきて。そしたら売ってあげる」

「本当か!?　わ、わかった。すぐに連れてくる！」

その言葉を聞いた瞬間、リヴィエラは弾かれたようにカーテンを開け放って叫んでいた。

「ダメ！」

いると思っていなかった第三者の登場に、ラシェルも男もそろって目を見開いている。

「ダメ。旦那様、には……」

ああどうしようと、手に汗が滲む。勢いで飛びだしてしまったけれど、この後のことはなにも考えていない。

それでも、レイドリックの危機を見過ごすなんて無理だ。彼にはずっと助けられてきた。そんな恩人を危険な目には遭わせたくない。

それに、彼を馬鹿にしたラシェルに、これ以上彼を近付けたくもない。

「旦那様には、なにもしないで。指一本触れないで」

リヴィエラのできる最大限でラシェルを睨み、扉のところまで走ると、通せんぼをするように両手を広げて立ち塞がった。

「リヴィエラ、あなた……いつからいたの？」

怖いくらい静かな問いかけに、リヴィエラも負けじと答えた。

「最初からよ、ラシェル。わたしが先にここにいたんだもの」

「そうだったんだ」

はー、とラシェルが深いため息をつく。

「めんどっ。始末しなきゃいけないのが増えちゃったじゃない」

ひゅっと、胃のあたりが縮んだ気がした。

目の前にいるラシェルは知った人物のはずなのに、まるで知らない女性のような顔をする。

ここまで品なく口端を歪め、眉をひそめる彼女は見たことがない。

それは貴族だとか、平民だとか、そういう次元の話ではないような気がした。

彼女はいったい何者なのだろう。ようやくその疑問が浮かんで、肝が冷える思いがした。

——自分はいったい〝誰〟と友人になったのだろう。

「ねえリヴィエラ。全部聞いちゃったんだよね？　そうなんだよね？」

「……だから、行かせないわ」

「そうだよね。もうリヴィエラったら、本当にお馬鹿さんなんだから。正直にもほどがあるよ。だからわたしみたいなのに騙されちゃうんだよ？」

ラシェルに気を取られていた隙に、男がリヴィエラに突進してきて羽交いじめにされる。

逃げようともがいた時に見えた男の人相は、街中で初めてレイドリックの素を見た時に遭遇した男と同じものだった。

「前言撤回。レイドリックは呼ばなくていいから、その子ヤっちゃってよ」

ラシェルの冷酷な瞳がリヴィエラを見下ろす。そこには情の欠片なんて微塵も映っていない。

男の興奮した鼻息が首筋に当たって、ぞわりと肌が粟立った。

敵わない力で引きずられ、ベッドの上に投げ倒される。

ラシェルの言う『ヤっちゃって』がどういう意味か本能で理解したリヴィエラは、手足をばたつかせて抵抗した。

しかし容赦なく覆い被さってきた男は正気を失いかけているのか、意にも介さず押さえつけてくる。両手首は頭上で拘束されてしまった。足の間に男の足が入り込んできて、嫌だと腰を捻る。

「どれだけ抵抗しても無駄だよ、リヴィエラ。そいつ、薬切れで理性働いてないから。目の前にご馳走を出されたら食べることしか考えられなくなるの。こんなのもう、人間じゃなくて獣だよねぇ」

「ぅあっ」

ラシェルが男の尻を蹴ったのか叩いたのか、痛みに耐える声をあげて男がリヴィエラの胸もとに倒れ込んできた。

さらに荒くなった鼻息がドレスの布越しに伝わってくる。リヴィエラを拘束していない方の手で腰をまさぐられて、気持ち悪さに視界が滲んだ。

「ねえ、取り引きしようよ、リヴィエラ」

どこまでも興奮している男とは対照的に、ベッドの縁に浅く座ったラシェルはどこまでも冷静で無情だった。

異様な雰囲気の中、ラシェルが悪魔のように囁く。

「わたしの協力者になってよ。そうしたら、この男から助けてあげる」

男が剥きだしになっているリヴィエラの鎖骨を舐めようとして、ラシェルがそれを手で制した。

あんなに抵抗しても止まらなかった男が、ラシェルの手には短い悲鳴をあげて従った。

「ほら。わたしがこの男に『やめなさい』ってひと言命令するだけで、その苦しみから解放されるんだよ？　簡単でしょ？」

それに、と続けて。

「わたしたち、もともと共犯者だったじゃない。だからリヴィエラはもう、わたしの仲間だよ」

仮面舞踏会のことを言っているのだろう。確かにふたりは共犯者だった。でもあれはただ、友人の願いを聞いてあげたかっただけだ。どうせ行かない仮面舞踏会の招待状が友人の役に立つならと、軽い気持ちで渡しただけだった。

「わたしはね、あれのおかげでこの国の貴族に近付けたの。わかる？　あれが、すべてのきっかけなんだよ、リヴィエラ。あれがなかったら、わたしはレイドリックにもアンブローズにも近付けなかったの」

耳もとで吹き込まれる己の罪に、絶望感が押し寄せる。

「あなたがレイドリック・ウィンバートの妻になると聞いた時は、嬉しすぎて叫んじゃったくらいよ。だって、あなたの親友ですって言えば、平民でも無下にされずに相手をしてもらえたんだから」

顔からどんどん血の気が失われていく。自分の知らないところで利用され、自分のせいでレイドリックにまで迷惑をかけてしまった事実が、重く心にのしかかってくる。

「だからもう少しだけ、わたしと共犯者でいよう？　わたしね、この仕事は失敗できないの」

男を止めていたラシェルの手が、すっと下がる。刹那、また男が動きだした。

喉もとに生温かい息がかかり、男の口から赤い舌が覗く。

それが自分の肌を這おうとするのが見えた瞬間、

「っ……わかったわ！」

リヴィエラは喉に力を入れて叫んだ。

叫び声に驚いたのか、男がびくっとしてわずかに身を離した。ラシェルも犬にするように
「待て」と手をかざして男を止めながら、にたりと笑う。

「さすがリヴィエラ、わたしのお友達ね。聞き分けがよくて嬉しいな」

ラシェルが男に退くよう手を振ると、男は名残惜しむよう喉奥で唸《うな》る。しかしラシェルにひと睨みされた男は、渋々といった体でリヴィエラの上から退こうとして上体を起こした。

その隙を見計らって、男の身体に全力で体当たりする。

もともと起き上がろうとしていた男は呆気なくベッドの上を転がり、そのままベッドから落ちていく。

予想外の抵抗に目を丸くしているラシェルと視線が交差した。

「わ・か・ったわ。それがわたしの罪だというなら、わたしは、潔く捕まる方を選択するわ」

「リヴィエラ、あなた……っ」

「友人の縁はここまでよ。もう二度と、あなたを友人とは思わない」

「わたしは一度だって思ったことないけどね！」

逃げようとしたがラシェルの身のこなしは素早く、すぐに捕まってしまう。今度は床に押し倒され、首に手をかけられる。

「あなたもわたしと一緒に捕まるのよ、ラシェル」

「驚いた、リヴィエラって意外と反抗的なんだね」

ぐぐっと皮膚に食い込んでくる細い指は、明確な殺意を孕んでいた。息が苦しい。意識も危うい。人への暴力にためらいのない彼女は、きっとこういう荒事に慣れている。

さすがにもう全身に力が入らなくなってきて、ここまでかと諦めた。それでも、いつも諦めの早い自分にしては頑張った方だろうと内心で自賛する。

(最後、せめて旦那様には、謝りたかったな)

ふっと、身体から力を抜いた。

その時。

「――リヴィエラ!!」

豪快に扉が開く音と共に、レイドリックが部屋に飛び込んできた。

彼は床に押し倒されているリヴィエラを視認するや否や、目にも留まらぬ速さで抜剣し、ラシェルに向けて振るう。

間一髪のところで避けたラシェルはそのままバックステップで距離を取った。その動きが、記憶にあるフードの人物の動きと重なった。

まさか、とリヴィエラの頭にひとつの仮説が閃《ひらめ》く。

以前、街中でレイドリックが追っていたのはふたりだった。ひとりはリヴィエラを襲った男。そしてもうひとりは、フードで顔を隠した小柄な人物。その人物こそ、ラシェルだったのだ。

そう思って彼女を見ると、体格も一致する。

ラシェルを警戒しながら、レイドリックが左手でリヴィエラを起こしてくれた。

「遅くなってごめん、リヴィエラ。怪我は？」

「い、いえ」

思わず咳《せ》き込むと、レイドリックの眉が険しさを増して寄る。乱れたリヴィエラの髪をさらりと撫でて、盛大に舌打ちした。

「せっかく綺麗だったのに。よくも俺の妻に手を出してくれたな、ラシェル・ミリング。といっても、この名前は偽名みたいだが？」

あはっ、とラシェルが嗤《わら》う。

「なぁんだ。バレてたんだ。えー、じゃあなに？　色男がふたりしてわたしを嵌めたってこと？　ひっどぉ～い」

口では非難しながら、ラシェルの目は道化師の仮面のようにケタケタと嘲笑していた。

「ちなみに言っておくと、あなたのお姫様を乱したのはわたしじゃなくて、そっちの男。かわいそうに。リヴィエラはあなたの助けを待ってたのに、あなたは間に合わなかった」

「っ……⁉」

レイドリックが反射的にリヴィエラへ視線を移した隙をついて、ラシェルが間合いを詰めてきた。

先に短剣が飛んでくる。レイドリックが剣の柄で軌道を変えた。休む間もなくラシェルの足技が横から繰りだされると、彼は己の腕で受け止める。

「こっちがガラ空きよ！」

不安定な態勢にもかかわらず、ラシェルは今度はリヴィエラを狙ってきた。刃先が眼前に迫る。しかし届く前に、レイドリックが庇うようにリヴィエラを抱きかかえた。このままでは彼の背中に刃が刺さる。ラシェルも勝利を確信してにやりと目を細めた。

けれど、レイドリックは抱きかかえただけでなく、その流れで一回転するように後ろ回し蹴りを繰りだす。意表をつかれたラシェルはまともに攻撃を食らったようだ。

弾みで短剣を落とし、悔しそうに歯ぎしりしながら態勢を整えている。

——が、整う前に、いつのまにか彼女の背後を取っていたアンブローズによって上から押さえつけられていた。

「っ、ちょっとヤク中！　あんたこういう時に役に立ちなさいよ！　こいつどうにかして！」

「うわ、威勢がいいなぁ。でも無茶言ってやるなよ。ほら、あっちの男はとっくに確保済みだから」

「は⁉　ほんっと使えない男！」

もうなにがなんやらだ。リヴィエラはレイドリックの腕の中で呆ける他ない。

レイドリックとアンブローズの登場もだけれど、混乱に乗じて部屋に突入してきたのは、王家の紋章入りの黒いマントを羽織った集団だ。

マントの合わせ目からちらりと覗く制服も、やはり真っ黒だった。

全身黒ずくめの男たちは、リヴィエラを襲った男と、そしてアンブローズから引き渡されたラシェルを拘束し、粛々と連行していく。

部屋を出る間際、ラシェルの瞳がリヴィエラへ流れた。

「あなたのその髪、別に『情熱的』なんて本当は思ってないし、猫は嫌いだった。全部あなたに近付くための嘘。あなたみたいな暗い子に友達なんか、ひとりだってできやしないわ」

あははっ、と負け惜しみのように哄笑《こうしょう》するラシェルから守るように、レイドリックが自分の身体でリヴィエラの視界を遮る。

けれどリヴィエラは、ラシェルの顔が見える位置へ一歩踏みだした。

「そうかもしれない。あなたもわたしの友人ではなかったみたいだから」

友人ではなかったし、リヴィエラにしても、もう友人とは思えない。レイドリックやアンブローズ、そしてリヴィエラのことを容赦なく殺そうとしてきたのだ。リヴィエラは一歩間違えれば女性としての尊厳も奪われていた。そんな相手とまだ友人でいられるほど、リヴィエラだって優しくもなければ、お人好しでもないのだ。

「……でも、話し相手になってくれたのは、ありがとう」

ラシェルはなにも応えることなく、黒マントに従って部屋を出ていく。

ひとりぼっちだったリヴィエラに、久しぶりに『楽しい』や『わくわくする』という感情を思い出させてくれたのは、間違いなくラシェルだった。

彼女がどんな目的で自分に近付き、偽りの姿を見せていたとしても、リヴィエラの中に生まれた感情までが嘘とは言えない。

だから感謝を伝えた。伝えない方が今後もモヤモヤが心の凝《しこ》りとして残ってしまいそうだったから。

不意に、労るような手つきで頭を撫でられる。

振り仰ぐと、レイドリックの揺れる瞳と目が合った。まるで様々な感情が藍色の中でぶつかり合っているように見えて、小首を傾げる。

なにかを言い淀むようにためらいつつも、レイドリックがおずおずと確認してきた。

「さっきの男に、なにも、されなかった?」

ああ、なるほど。どうやら彼はそれを気にしてくれていたらしい。やはり優しい人だとリヴィエラは思うのに、なぜか本人は断罪を待つ罪人のような顔色をしている。

もしかしてラシェルの挑発を真に受けて助けられなかったと思い込み、自分を責めているのだろうか。

「大丈夫です。ちょっと押し倒されたくらいで、なにもされてませんから」

レイドリックの顔に険しさが増す。あれ、と思った。大丈夫だと答えたのに、なぜ彼から怒気のようなものが立ち上りだしたのだろう。美人は怒ると怖いというのは、男性にも使える言葉のようだ。

「リヴィエラ、それはね、『なにもされてない』うちには入らないんだよ。遅くなって本当にごめん」

「い、いいえ、そんな……」

本当に大丈夫なのに、と心の中で呟く。あれくらいのこと、髪色で虐められていた時に比べれば全然痛くなかった。

ただそれを言ってしまうと余計に怒らせるような気配を悟り、リヴィエラは目を泳がせる。

そんなリヴィエラになにを思ったのか、レイドリックがもう一度頭を撫でてきた。

「わかった。俺の言葉を理解はしなくていいから、その分、俺が君を労るのは許してくれ。『大丈夫』って、拒絶しないで」

真剣な面持ちで告げられて、リヴィエラは無意識のうちに頷いた。

そこでやっと気を抜いたらしいレイドリックが、「ちなみに」と付け足す。

「あの男の取調べは俺がするから、安心して。徹底的に、圧倒的に、生きているのを後悔させてから地獄に落とすよ。お誂《あつら》え向きに薬物中毒者みたいだし、腕が鳴るな」

なんともゾッとする昏《くら》い笑みを浮かべた彼に、リヴィエラは一歩足を退いた。なにに対して『腕が鳴る』のかはわからないが、知らない方がいいという勘が働く。

自分も同じ目に遭うのかしらと戦々恐々としながら、リヴィエラはレイドリックに両手を差しだした。

「あの、お手柔らかに、お願いします」

すると、レイドリックが目をきょとんとさせる。

「えっと？　リヴィエラ、急になに……この手はいったい？」

「わたし、仮面舞踏会の招待状を、ラシェルに譲ってたんです。ですから共犯の罪で、わたしも捕まえてください」

「は⁉　それは違うよ！」

ぎょっとする彼にリヴィエラも同じ反応をする。

レイドリックは自分でも意図しない声量で叫んでしまったらしく、慌てて謝ってきた。

「大きい声出してごめん。でも本当に違うんだ。君は騙された被害者で、ちゃんと調べはついてる」

「調べ……ついてる？」

「あ……あー」

しまった、と言わんばかりの声音でレイドリックが自分の額を押さえた。

アンブローズもアンブローズで、励ますようにレイドリックの肩に手を置いている。レイドリックがアンブローズに窺うような目線をやると、アンブローズが言葉もなく頷いた。

そうしてアンブローズからなにかしらの許可を得たレイドリックが、おもむろに口を開く。

「全部話すよ。約束通り、全部。俺の罪も、なにもかも。その後で、君には選んでもらいたいことがあるんだ――」

第五章　懺悔と真相

『——やあ、レイドリック。それとウィンバート公子夫人は、初めましてだな』

舞踏会でアンブローズがラシェルを連れてレイドリックたちのもとへやってきたのは、計画のうちだった。

平民である彼女が王宮の夜会に招待される……それも、王太子のパートナーとして。これは実質、王太子の婚約者候補に彼女が入ったことを他の貴族に知らしめる行為となる。

貴族令嬢ならいざ知らず、平民の女性にそれをやったとなれば王太子の心がどこにあるかは歴然で、ひいてはパートナーである彼女——ラシェル・ミリングを油断させられると踏んだ。

そのための下準備として、レイドリックとアンブローズは様々な裏工作をしてきた。

ふたりが恋敵としてラシェルを取り合っているように周囲に見せたのも、その一環である。

そもそもの話として、なぜラシェル・ミリングに目を付けたのか。それは数カ月前に遡る。


国の軍事力の強化は、ランジア王国にとって喫緊の課題だった。隣国のドラブ王国の王が、数年後には玉座を息子に譲る可能性を示唆したからだ。

彼《か》の国には王子が何人かいるが、その中で最も次期国王の座に近いと噂されているのが第二王子だった。第一王子は現王の愛人が生んだ子どもで、王妃との間に生まれたのが第二王子だからだ。

しかしこの第二王子は、残虐非道で知られる人物だった。

実際、ドラブ王国に送り込んでいる密偵の話では、第二王子が次期国王の座を見据えて、早々に他国へ戦争を仕掛けるための準備を始めたという。

ドラブ王国はあまり裕福とは言えない国で、資源も乏《とぼ》しく、他国との貿易に頼らなければ存続も危うい国である。

第二王子はそういう国のあり方をずっと嫌悪していた。

他に頼らなければ生きていけない弱い自国を、守りの外交を、憎んですらいた。

そんな王子ならなにかのきっかけですぐに攻めてきても不思議ではないというのが、レイドリックを含めた高官の意見である。

そうして隣国の動きを注視するようになってすぐ、密偵と連絡が取れなくなる事態が相次いだのだ。

ドラブ王国に放っている密偵は、すべてレイドリックの部下である。

レイドリックの表向きの肩書きは『王室秘書室補佐官』だが、本来の肩書きは王太子直属の『特務部隊長』だ。

その主な活動内容は、国の安全と秩序を守るための諜報《ちょうほう》や特殊作戦の実行である。

特務部隊は、他にも国王直属の部隊があるが、今回ドラブ王国を任されたのはレイドリックの部隊だった。

最初に安否不明者が出た時点で、レイドリックは警戒レベルを上げてドラブ王国の動向を探っていた。

そこで判明したのが、我が国の機密情報が彼の国に流れているという問題である。

まず順当に安否不明となっている部下を疑ったが、特務部隊に所属する人間は王または王太子に絶対の忠誠を誓っている。たとえ拷問にかけられても部下が口を割るとは思えなかった。

となると、それ以外で容疑者を捜すことになる。

ドラブ王国に流れている情報は国の軍事に関する秘密情報のため、可能性は政治に関与している貴族が最も高い。

地道な調査の結果、何人かの容疑者が浮かび上がった。

全員が貴族の男で、彼らには共通の知人がいた。それがリヴィエラ・レインズワース辺境伯令嬢だ。

しかし彼女の引きこもりは社交界で有名である。いったいどこで彼女と知り合ったのかと辿っていったら、なんと仮面舞踏会だった。素顔を隠せる仮面舞踏会にしか出席しないなんて、疑ってくれと言っているようなものだ。

そのため、実はレイドリックも、仮面舞踏会に出席してコンタクトを取ろうとしたことがある。しかし過去の諜報活動で利用した女性に見つかって、コンタクトを取るどころではなくなってしまった。

アンブローズ曰く『色男は辛いな』らしいが、だからこの顔を仕事に利用するのは嫌だったのだと苦言は伝えた。

とにもかくにも、他の方法で近付くしかないという話になり、そうしてレイドリックはリヴィエラへ求婚したという次第だ。

それから部下のひとりであるディナを侍女としてそばに置き、リヴィエラの行動を監視した。が、リヴィエラが〝シロ〟であることは早々に判明することとなった。

簡単に絆されたように見えるディナは、実はあれで鼻の利く人間なのだ。レイドリックの部下の中では、彼女が一番裏切り者を見つけるのが得意である。

そんなディナが呆気なく懐いたのと、いくら調べてもどんな埃さえ出てこないことから、リヴィエラは容疑者から外れた。

代わりに浮上したのが、ラシェル・ミリングだった。引きこもりのリヴィエラ・レインズワースが唯一友人として慕っている女性だ。

ただ彼女の身分は平民だった――実際はそう身分を偽っていた――ので、なにも前情報がない。

慎重に調べていくと、なんと『リヴィエラ・レインズワース』が仮面舞踏会で知り合った男の全員が、実はラシェル・ミリングとも知り合いだった事実が判明した。

「——え？　それはつまり、どういうことですか？」

ラシェルとその仲間であった男を逮捕した後、レイドリックとリヴィエラたちは場所を王太子の執務室へと移していた。

アンブローズは自身の執務椅子に座り、レイドリックとリヴィエラは応接用のソファに並んで座っている。

リヴィエラの心を慮って、テーブルにはリラックス効果のある蜂蜜入りのカモミールティーを用意させた。

「つまり、情報を流していたのはラシェル・ミリングに籠絡された男たちで、ラシェル・ミリングはドラブ王国の密偵《スパイ》だったんだよ。まあ、彼女が国に所属する人間なのか、もしくは国に雇われた人間なのか、はたまた私人に雇われたのか、そこまではまだわかってないけどね」

ラシェル・ミリングが怪しいと判断したレイドリックは、さっそく自身の武器《かお》を最大限活用して彼女への接触を図った。

ラシェルの最終的な目標がアンブローズであったのは、早い段階で気付いていた。というのも、彼女は籠絡した男たちからアンブローズの情報をうまく引き出そうとしていたからだ。

そこで、『アンブローズの暗殺』が目的なのか、それとも『アンブローズに取り入る』のが目的なのか、レイドリックがまず探ることになった。

レイドリックは、身内を除けばアンブローズに最も近しい人間だ。ラシェルはレイドリックの誘いに飛びついた。

「彼女は男たちを籠絡する際、君の指示で仮面舞踏会に代わりに出席していると言い、『男を弄んでこいと命令された』『言うことを聞かないと暴力を振るわれる』と話していたらしい」

「えっ」

「もちろん、それがラシェル・ミリングの嘘だとはわかってるよ。君がそんな下劣な真似をするわけがない」

レイドリックはそう言うと、安心してほしいという気持ちを行動でも示すため、リヴィエラの手を握る。

「レイドリック、口説くのは後にしような?」

アンブローズが文句を垂れてきたが、そこは無視して続けた。

「でも一応伝えておくと、ラシェル・ミリングのせいで君には恋多き女性のレッテルが貼られてしまっていてね。誘惑された男たち以外は、仮面舞踏会に出席していたのは『リヴィエラ・レインズワース』だと思ったままなんだ」

「どうして……。だって仮面が」

「ラシェルはずっと同じ仮面を使っていたから、顔を隠していてもあの仮面が『リヴィエラ・レインズワース』の名前が入った招待状を持っていた人物、ということはすぐにバレてしまっていたんだ。そのせいだよ」

本来なら、主催者側が参加者のプライバシーを守るのが仮面舞踏会であるが、本人が思う以上に『赤髪のリヴィエラ』は有名だった。そのせいでおもしろがった主催者のひとりが暴露してしまったのだ。

レイドリックの脳裏に、王宮の舞踏会で聞いた悪意の込められた言葉が蘇る。

――〝魔女らしく欲に忠実なんでしょう？〟

リヴィエラ本人を知っていれば、実に馬鹿馬鹿しい噂だ。

けれどそれは同時に、ラシェルの思惑通りにリヴィエラの評判が落ちた証でもあった。

ラシェル・ミリングは、異性の心を掴むのが異様にうまい。男が女にどうされると弱いかを熟知している。

だから彼女はリヴィエラという悪役を作り上げ、自分を悲劇の主人公にして、頼ることで男の自尊心を満たし、追い打ちのように身体で迫って自分に惚れさせた。

リヴィエラが引きこもりでなければすぐにぼろが出る作戦だが、リヴィエラが引きこもりだったから、ラシェルはこんな作戦を実行したのだろう。

「それでね、リヴィエラ。俺の正体を明かせたからようやく弁明できるんだけど、俺は誓って、ラシェル・ミリングと不倫なんてしていない」

さっき握った手に、今度は信じてほしいという思いを込めて力を入れる。

「確かに任務のために口説きはしたけど、本心じゃないし、キスもそれ以上も、彼女とは手すら握ってない」

リヴィエラはまだ告げた内容を脳内で咀嚼できていないのか、なぜレイドリックが突然こんなことを言いだしたのかわかってなさそうな顔をしていた。

それがレイドリックの焦燥感を煽り、さらに言い募る。

「本当はラシェル・ミリングの目的がアンブローズの暗殺ではないとわかった時点で、彼女の真の目的を暴くため、アンブローズへ彼女を繋げて油断させることになっていたんだ。それが今回の俺の役目だった。その通り、俺は順調に間男の役割を果たした。でも、肝心のアンブローズが役立たずで……っ」

「おい、役立たずってなんだ。仮にもおまえの上司だぞ、俺は！」

「硬派を通り越して気が利かなすぎて、ハニトラ仕掛けてるはずのラシェル・ミリングまで戸惑う始末でね……」

「だから女性不信なんだって！　おまえのおかげでな！」

そう言ってアンブローズはいつもレイドリックのせいにしてくるけれど、そもそもレイドリックに「顔を武器にしろ」と命じたのはアンブローズだ。要するに自業自得である。

「俺だってなぁ、あの女に触れられるたびに蕁麻疹《じんましん》が出て大変だったんだぞ。俺は頑張った方だ。労《いたわ》ってもいいんだぞ。むしろ労ってくれ」

リヴィエラが目を瞠《みは》る。まさか自国の王太子がそこまで女性を苦手としていたとは思っていなかったのだろう。

「殿下は、女性に触れられると、蕁麻疹が……？」

彼女の顔には、そこまで苦手なのに自分がこの場にいていいのか、と書いてある。その思慮深いところが健気で好ましい。

「ああ、まあな。今のところ誤って素手で触れてしまった女性には全員反応した……と思うが、そうだな、確かに試したことはないかも」

アンブローズがおもむろに椅子から立ち上がった。

瞬時にその行動の意図を悟ったレイドリックは、リヴィエラを腕の中に閉じ込めてアンブローズを睨み上げる。

腕の中で、リヴィエラがぱちぱちと目を瞬いている。やはりわかってなさそうな顔はかわいいけれど、彼女を慕う者としては不安だ。隙がありすぎて心配になる。

「いいじゃないかレイドリック、ちょっとだけだから」

「リヴィエラは俺の妻だ。試したいなら他の女性にしろ」

「いや、他だとダメな気がする。リヴィエラ嬢ならいける気がするんだよ」

「なおのこと許すはずないだろ」

頭は悪くないはずの王太子は、今自分がなにを口走ったのか理解できているのだろうか。それではまるでアンブローズにとってリヴィエラが特別な相手のように聞こえてしまう。

それは困る。非常に困る。なにせこの国で唯一レイドリックからリヴィエラを奪えてしまうのがアンブローズだからだ。

王太子に本気を出されたら勝ち目は薄い。権力に屈したくはないけれど、世の中ままならないことがあるのを重々知っている身だからこそ、危機感を強く覚える。

だからといって、レイドリックはもうリヴィエラを手放せない。彼女の隣は居心地がいい。彼女を他の男に――ましてや、従兄弟であり親友のような存在であるアンブローズに奪われてそばでふたりの幸せそうな姿を見る羽目になるくらいなら、最悪他国へ亡命することも厭わない。

まあそれも、リヴィエラがレイドリックを選んでくれたらの話だが。

レイドリックの本気度が伝わったのか、アンブローズが渋々と諦めてもとの位置へ戻っていく。

「だ、旦那様」

すると、腕の中のリヴィエラが控えめに口を開いた。

「あの、そろそろ、放していただけると……」

目もとをほんのりと染めてお願いしてくる彼女は、思わず口もとを押さえてしまったくらいかわいい。

(——じゃない。ここで失敗したら離婚されるのは俺なんだ。しっかりしないと)

深呼吸をして、レイドリックは話を戻すように本題をついた。

「というわけだから、離婚の条件五と六には当たらない……と、思うんだけど、どうかな?」

リヴィエラに乞われて腕から解放したのは正解だったかもしれない。

今のレイドリックは緊張で心臓がおかしなことになっている。いつ壊れても不思議ではない鳴り方だ。

これをリヴィエラに聞かれていたらと思うと、情けなくて死ねるだろう。

断崖絶壁に立たされたような思いでリヴィエラの返事を待つ。

思案するために下げていた瞳を、彼女がゆっくりと上げた。

「先を、伺ってもいいですか?」

「え?」

イエスともノーとも返ってこなかった答えに、一瞬ぽかんとする。

「事の全容を、先に全部、伺いたいです」

つまり、ラシェル・ミリングがリヴィエラを利用して男を籠絡し、さらにアンブローズを手に入れようとした後のことを聞きたいのだろう。

そう解釈したレイドリックは、乞われるままに答えた。

「徐々に『アンブローズがラシェルに落ちている』と思わせることには成功していたけど、アンブローズのぎこちない態度に彼女も二の足を踏んでいてね。そこで、貴族が大勢集まる夜会で彼女をパートナーとして伴って、言外に彼女が王太子の『愛する人』だと見せつけることにしたんだ」

王太子にそこまでされれば、ラシェル・ミリングもアンブローズが完全に自分に落ちたと確信するだろう。

事実、彼女は確信して浮かれていた。

「そんなところに、もし自分の仲間が現れたらどうする？」

突然話を振られて「えっ」とリヴィエラが慌てだす。真面目な話をしておきながらなんだが、その小動物のような挙動には思わずほっこりしてしまった。

けれど困らせたいわけではないので、すぐに答えを明かした。

「ラシェル・ミリングにとって、アンブローズが落ちるのはほぼほぼ作戦の成功を意味していた。周囲に王太子の『想い人』が誰か知らしめた直後に仲間――それも薬物中毒者だ――を会場で見かけたら、気が気じゃなくなるだろ？　なぜこんなところにいるのか、いるはずがない、これはなにかの罠《わな》かもしれない……そう思ったとしても、やはり野放しにはできない。なかなか証拠を残さない彼女を、現行犯で逮捕できるチャンスを作りたかったんだ」

薬物中毒者の男を放ったのは、もちろんレイドリックたちだ。

あの男は以前ドラブ王国の密偵を追っている時に得た副産物だが、後々使えるかもしれないと考えて取っておいた切り札だった。

薬物中毒者は、なかなか薬をやめられない。適切な治療を施しても本人の意思が弱ければまたすぐに薬を求めてしまう。

その習性を利用して、レイドリックたちはあえて男の治療をしなかった。

禁断症状一歩手前まで放置し、その上で男を夜会の最中《さなか》に放ったのだ。まあ、当然参加者の安全を確保するため、放ったといっても廊下にだが。それも、ラシェル・ミリングの視線上に、一時だけ。

男の周りはレイドリックの部下で固めていたし、なにかあっても対処できるよう整えていた。

そうしてうまく誘いだされてくれたラシェルだったが、ここで予期せぬ問題が発生する。

「いきなり女性の悲鳴があがってね。男がひとり、床に倒れていたんだ。ちょっとした騒ぎになったよ」

リヴィエラは知らなかったのか、口を少しだけ開けて相槌を打つ。

彼女はあまり喜怒哀楽を表に出さないタイプではあるけれど、意外とその表情は雄弁だ。

彼女自身はそうと気付いていないだろう。なんてもったいないのだろうと思う。本当はこんなにもわかりやすいのにと、思わず頬が緩む。

「後からわかったけど、倒れていた男は即効性の毒を盛られたみたいでね。この後本人にも聴取する予定だけど、おそらくラシェル・ミリングの仕業だろう。その一瞬の隙と混乱を利用されて、まんまと仲間を連れ去られた」

「それで俺たちは、手分けして全力で捜していたんだ。王宮の外に出ていないのは把握していたからな。その後の出来事は、リヴィエラ嬢も知るところだ」

アンブローズが最後を締めくくる。

実はラシェルと彼女の仲間の姿が見えなくなってすぐ、レイドリックは部下のひとりをリヴィエラのもとへ派遣していた。

ラシェルにとってリヴィエラは作戦のための駒にすぎなかったため、この局面で彼女に危害を加えることはないだろうとは思っていた。

この時のラシェルはそれよりも、仲間の男がなぜここにいるのか、この男の始末をどうつけるか、そんなことで頭がいっぱいに違いないと油断していたのだ。

だからリヴィエラのもとへ念のために送った部下から『姿が見えない』との報告を受けた時は、目の前が真っ白になった。

冷静さを失ってはいけないと自分に言い聞かせながらも、本能が嫌な未来を感知したように鼓動がどんどんうるさくなっていった。

ようやく捜し当てた先でリヴィエラが殺されそうになっているのを見た時は、頭にカッと血が上った。情報を吐きださせるために殺してはいけないと理性は止めたが、身体は素早く剣を抜いていたのだから隊長失格である。

「そう、だったんですか。じゃあ、旦那様がわたしと結婚したのも、ラシェルが友人になってくれたのも、全部――……」

リヴィエラが考え込むように黙り込む。

そんな資格はないとわかっていても、胸が痛くて仕方ない。彼女の心中を思えば罪悪感で呼吸が止まりそうになった。

いや、いっそ彼女に止めてもらった方がいいような気もする。

今回の件で一番被害を受けたのは、間違いなくリヴィエラだ。

唯一だと思っていた友人に裏切られ、契約結婚とはいえ夫にも裏切られ、社交界には事実と乖離《かいり》した不名誉な噂を広められたのだ。

しかもラシェルの身もとが身もとなだけに、リヴィエラの噂を払拭しようと動けないのもまたもどかしい。

ドラブ王国とは薄皮一枚だけが繋がっているような状況で、なにが戦争の火種になってしまうか予想できない。ゆえに、ラシェルの罪をありのまま暴くことが必ずしも正解だとは限らないのだ。

おそらく無難な罪をでっち上げて監獄島に送ることになるのだろうが、それはやはりリヴィエラの名誉を回復するものにはならない。

「アンブローズ、少しでいい。ふたりきりにしてくれないか」

「ここ俺の執務室……と言いたいところだが、わかった。終わったら呼んでくれ」

アンブローズが部屋を出ていく。その背中を見送るリヴィエラの意識を自分に向けるため、彼女の傍らで片膝をついて、彼女の左手を取った。そっとグローブを外すと、薬指には自分たちが夫婦である証が空虚に煌めいている。

「リヴィエラ、改めて謝罪させてほしい。君を疑ったこと、君を軽んじた結婚をしたこと、そして君を巻き込んでしまったこと。すべて俺が未熟なせいだ。本当にごめん。怖い思いも、辛い思いもさせた。後悔してる。ごめんね、リヴィエラ」

きゅっと、彼女の指先に力がこもる。

「君には、選ぶ権利がある」

本当はこの先を告げたくはないけれど、彼女を真に想うなら告げるべき言葉だ。

何度かためらって、そのたびに己を叱咤して、ようやく口を開く。

「君が、離婚したいと言うのなら、俺はそれを受け入れる。それくらい、俺は君にひどいことをした」

ただ。

ただ、これだけは伝えるのを許してほしいと内心で勝手に請うてから、続ける。

「俺は離婚したくない。最初は確かに仕事だった。でも早い段階でもう君が気になって仕方なくなっていた。ずっと否定されてきた俺自身を、君が受け入れてくれたから。きっかけはそれだけど、そうやって君を見ているうちに、猫に向ける優しい眼差しとか、思ってることが顔に出るところとか、他人をよく気遣うところとか、コンプレックスを抱えながらも現状を変えようと頑張るところとか、全部、好きだなって思うようになったんだ」

リヴィエラからごくりと唾を飲み込む音がした。ああ、ほら。やっぱり彼女は顔に出る。微塵もレイドリックの好意に気付いていなかったと、その表情が語っている。

思わず苦笑してしまった。

「この指輪に、改めて誓うよ。俺は君を愛している。愛しているから、この先なにがあっても、どんな困難が降りかかろうとも、俺が君を絶対に守る」

偽りの誓いしか込められていなかった指輪に、新たな誓いを刻み込むようにキスを落とした。

「俺は君と一緒に幸せになりたい。絶対に君を幸せにすると約束する。選ぶ権利は君にあるけれど——それだけは、知っていて」

互いに見つめ合い、どれくらいそうしていただろう。

リヴィエラの瞳に戸惑いと困惑が映っているのは見てとれた。彼女にとってレイドリックの想いは想定外のことなのだ。ならば、ここで戸惑うのも無理はない。

それに、今日真実を知ったばかりの彼女には、考える時間も必要だろう。

「返事はいつでもいいから、ゆっくり考えてほしい。俺はどれだけでも待てるから」

そう言って、立ち上がった時に彼女の頭を縋るように撫でる。

扉を開けて、アンブローズを呼び戻した。

エピローグ　ご署名をお願いいたします

ラシェルが逮捕されたあの舞踏会の夜から、一週間ほどが経った。

その間、リヴィエラは変わらずウィンバート公爵家のタウンハウスで過ごしていた。

もうなにも隠す必要がなくなったレイドリックは、これまでのようにどこか追い詰められた様子で甘い言葉を囁くこともなくなり、リヴィエラの手紙を勝手に確認することもなくなった。

真相を知った今ならわかる。リヴィエラの手紙を検《あらた》めていたのは、リヴィエラ自身の嫌疑と、ラシェルの動向を探るためだったのだろう。

自分の想いも告白したここ一週間の彼は、なんとも吹っ切れたような調子を見せていた。

リヴィエラに返事はいつでもいいと言った通り、彼は一切催促してくるような様子も、リヴィエラが戸惑うほど口説いてくるような様子もない。

ただ一緒に食事をし、休みの日には猫も一緒にひなたぼっこをし、一緒のベッドで就寝の挨拶をしてから眠りについた。

なんとも穏やかな毎日で、そしてなんとも幸せな日々で、事件で受けた衝撃も徐々に薄れていくのを実感していた。

リヴィエラはドレッサーの引出しの鍵を開けて、奥から一枚の紙を取りだす。

契約書だ。結婚する前にレイドリックと交わした、離婚の条件が記載されている大事な文書。

カーテンを開け放っている窓から、季節を忘れそうになるほど暖かい日差しが差し込んでいる。

寝室でひとり離婚の条件を読み直していたリヴィエラは、唇を固く引き結び、顔を上げた。

(旦那様に、返事をしよう)

契約書を小さく折りたたむと、ポケットに仕舞い込んだ。

＊

「――旦那様、離婚の条件がそろいました」

話があるので時間が欲しいと先触れを出した時から、レイドリックはリヴィエラの言う『話』がどんな内容のものか見当をつけていたのだろう。

リヴィエラの部屋に足を運んでくれた彼は、部屋に来た時からどこか緊張感を漂わせる面持ちをしていた。

けれど、緊張しているのはリヴィエラも同じだ。

そのためいきなり本題に入るのはリヴィエラ自身が難しく、まずは雑談でもして心を落ち着けようとした。

ふたりの間にあるセンターテーブルには、ディナが淹れてくれた蜂蜜入りの紅茶が湯気を立ち上らせている。気を利かせてくれたディナが『シェフの新作も置いておきますね』とキャラメルを使ったクッキーまで用意してくれたが、リヴィエラもレイドリックも、そのどちらにも手をつけられずにいた。

雑談だって、あまり意味はなかったかもしれない。結局ふたりとも心ここにあらずといった風で話題が広がらなかった。

たまに訪れる妙な沈黙の回数も増えてきて、耐えかねたリヴィエラがとうとう切りだしたのが、最初のひと言だ。

リヴィエラは契約書をテーブルの上に広げた。

レイドリックの顔が強張ったことには気付かぬまま、続ける。

「今回は、条件一及び六を提示します」

言いながら、該当の条件を指差した。

条件一は『目的の達成が著しく困難と判断されたとき』、六は『その他重要な問題が発生し、婚姻の継続が不適切であると判断されたとき』をそれぞれ定めるものである。

その根拠を説明しようとした時、レイドリックが呆然とした様子で呟いた。

「……条件、六。そっか、そう、だよね」

絶望を瞳の中に閉じ込めたような、しかし最後の希望とばかりにわずかな光を灯して、彼が問う。

「ちなみに、一は、なんで？」

「もともとこの契約結婚は、わたしの調査のためだったんですよね？　では『困難』とは違うかもしれませんが、もう必要のないものかと」

レイドリックの瞳からわずかな光も消え失せた。

リヴィエラはそれを認め、首を傾げ、時間差で己の失態に気付く。

「ち、違いますっ」

「え？」

「すみません。わたしもその、緊張、してまして」

レイドリックがゆっくり目を瞬いた。どういうことかと不思議そうな様子だ。

「ええと、わたし、ただでさえ人付き合いが、得意では、なくて」

だから、改めて自分の気持ちを言葉にするのは、思ったことをその場で口にするよりかなり勇気がいる。

後者には勢いという味方がついているけれど、前者にはその心強いサポートがない。

それに、こんなことは今まで誰にも伝えた経験がない。そのせいで空回ってしまったようだ。

「わたしは旦那様が……レイドリック様が、好きです。もともと契約の関係を承知して結婚しました。ですから、最初は仕事だったと言われても、それをひどいとも、裏切られたとも思っていません」

デイドレスを握りしめる手に、気持ち悪いくらい汗が滲む。

「わたしも、この髪を受け入れてくれた時から、『綺麗』だと言ってくださった時から、レイドリック様のことを気にかけていたんです。素を見せてくれるようになって、ますますあなたに惹かれていきました」

「ま、待って。じゃあ……」

こくりと、首を縦に振った。

「条件六の『重要な問題』に当たるかどうか、協議が必要かもしれませんが、わたしたちはもう『契約結婚』を続ける必要性がないと思うのです。それは十分、この契約における『重要な問題』に当たると、わたしは思っています」

「うん、俺も。俺も、そう思うよ」

レイドリックの真っ暗だった瞳に、星の輝きのような煌めきが瞬き始める。

それを見て、初めて彼に会った時に抱いた印象をもう一度思う。彼の瞳は、やはり夜空のように美しいと。

そしてその美しい瞳には今、リヴィエラだけが映っている。

それが面映ゆくて、でも嬉しくて、リヴィエラは喜びを頬に滲ませた。

「つきましては、こちらの契約書を無効とするご署名をお願いいたします」

「ははっ、喜んで！」

レイドリックが駆け寄って抱きしめてくる。頬を擦り寄せてくる彼にドギマギとしながら、リヴィエラも彼を抱きしめ返した。

「ありがとう、リヴィエラ。これからもずっと、ずっと一緒にいてね」

「はい、もちろんです」

「大好きだよ。本当によかった……――リシェルディのようにならなくて」

最後の呟きはリヴィエラの耳には届かなかったけれど、彼がリヴィエラの額に、目尻に、頬に、たくさんのキスを寄せてきたから聞き返すどころではなくなっていた。

彼の名前を呼んでストップをかけるが、目の合った彼があまりにも幸せそうに目尻を下げるものだからなにも言えなくなってしまう。

どちらからともなく微笑み合って、眼差しに甘い熱が溶け込んだ時、ふたりの唇は重なっていた。

くっつけるだけだったそれが、次第に深くなっていく。レイドリックに下の唇を食《は》まれて驚いた隙に、彼の熱い舌が口内に侵入してくる。こんな急展開すぎる初体験にリヴィエラは彼の肩を叩いた。

ふたりの唇が離れても繋がったままの銀糸が、なんだか恥ずかしくなるくらい艶めかしい。

唇を濡らしたレイドリックが、それを舐め取りながら満足げに笑う。

「ごめんね。これからはいっぱい時間もあるし、ゆっくり経験していこうか。そうしたら、初夜のやり直しをしよう」

抱きしめながら頭をぽんぽんと落ち着かせるように撫でられるが、リヴィエラの心情は彼の最後のひと言によって一層乱れた。

「しょ、初夜のやり直しって、どういうことですか？」

それはつまり、結婚式を執り行った夜にしたのは『初夜』にすることとは違ったということだろうか。

リヴィエラは初夜に関しては、母から『夫に委《ゆだ》ねなさい』としか教わっていなかったため、レイドリックに身体中をキスされて一緒に眠ったあれが『初夜』なのだと思っていた。

初夜とはあんな恥ずかしい行為をするのかとそれだけでもいっぱいいっぱいだったのに、まさか今の濃厚なキスも本来なら初夜にするものだと言うのだろうか。

「あ、あの、わたし」

「ああ耳まで真っ赤にして、かわいいね。心配しなくても大丈夫。前は契約結婚だからと思って君の負担を考えただけで、君に魅力がないからしなかったわけじゃない」

「そ、そうではなくて」

さすがにリヴィエラの慌てぶりになにかを察したのか、「うん？」と先を促してくれた彼にリヴィエラは事情を説明した。

するると、彼が笑って。

「なるほど、そういうことか。それならじゃあ、御義母上《ははうえ》の言う通り俺に身を任せてくれればいいよ。リヴィエラはただ、次にする『初夜』が本当の初夜で、今のはその導入編だということだけ知っていて」

「ど、導入編……」

あんなにふたりの境界が溶け合うような濃密なキスが、まさかの導入だというのか。これまでそういったことに無頓着だったリヴィエラには信じがたくて、思わずレイドリックの後ろ身頃をきゅっと掴み懇願していた。

「できるだけ、お手柔らかにお願いしますね」

あの夜いかに手加減されていたのか、この時になってようやく知ったリヴィエラだった。

エピローグのその後　やり直しのウエディング

薄く刷《は》いていた雲がもくもくと厚みを帯び始め、空の青さも濃度を増してきた初夏の季節。

リヴィエラは王都の外れにある小さな教会にいた。

そこはゆるやかな丘の先にあり、周囲は緑溢れる小さな広場になっている。

青色のとんがり屋根がかわいらしいこぢんまりとした外観で、内部は一般的な教会の造りと変わらず入り口から伸びる身廊があり、その両側にはベンチが並んでいる。

その一方で、一般的に見られるベンチのさらに奥にあるはずの側廊はなく、外観から想像される通りの広さだった。

祭壇の背には大きな円形のステンドグラスがあって、そこから入ってくる日の光が幻想的な雰囲気を作りだしている。

ステンドグラスはそこだけではない。ベンチ横の左右の壁にも美しい彩りを添えていて、レイドリックと一緒に教会を探している時に、リヴィエラがひと目で気に入ったポイントだった。

神への祈りを捧げる日曜日を避けた今日は、この教会には関係者しかいない。

関係者というのは、リヴィエラとレイドリックの結婚に関する関係者だ。

ふたりはすでに結婚式を挙げているが、それは『契約結婚』の式だった。

けれど誤解が解け、レイドリックと想いが通じ合った後、彼がふと言いだしたのだ。

『初夜をやり直すなら、結婚式もやり直そう』

思い立った後の彼の行動は早かった。すぐに王都最大の教会で式を挙げるための調整をかけ始め、日付にこだわりはあるかリヴィエラに訊ねてきてリヴィエラが『ない』と答えると、その翌日には日程を決めてきた。

かなりの手際のよさを目の当たりにして、夫の有能さを実感したリヴィエラである。

とにかくこのままでは王都最大というあまりにも分不相応な場所で結婚式を挙げることになってしまう――そう恐れたリヴィエラは、顔面蒼白でレイドリックの腕を掴んだ。

『リヴィエラ？　……顔色が悪いね。今日はもう休んだ方がいい』

そう言うや否や、レイドリックが腰を屈めるのを不思議に思いながら見守っていたら、突然視界が揺れた。足がふわりと地面から離れたことに驚いて、レイドリックに横抱きされたのだと気付くのに少しの時間を要した。

『だ、旦那様っ』

『違うよ、リヴィエラ。俺のことはなんて呼ぶんだった？』

『あ、えっと、レイドリック様、です』

『うん。君にそう呼ばれるのが好きなんだ』

彼が嬉しそうに顔を綻ばせるから、リヴィエラの頬に熱が集まる。

想いが通じてからは、以前のように『旦那様』と呼んでしまうたびにこう訂正されている。

最近は彼の名前が舌に馴染んできたと思っていたけれど、まだ咄嗟に口にするのは『旦那様』の方だ。

それを申し訳ないと思いつつも、リヴィエラは自分を持ち上げるレイドリックに懇願する。

『下ろしてください、レイドリック様。別に体調が優れないわけではありませんので』

『だとしても、許してよ。あの事件の後処理に追われて、あまり君に触れられてないんだから』

あの事件とは、もちろんラシェルを逮捕した一連の事件のことだ。

レイドリックの任務は調査して終わりではない。その後《ご》の報告書などの書類仕事や、ラシェルに騙された貴族の処遇決定など、多岐にわたる仕事が残っている。

せっかく事件が幕を下ろし、ようやく本当の意味で心を通わせたふたりだったが、あれからのんびりと過ごせた時間は両手で数えられるほどだった。それだって、レイドリックの部下でも十分対応できる仕事をアンブローズが振ってくることについに堪忍袋の緒を切らしたレイドリックが、代わりに休暇を勝ち取ってきたからこそ生まれた時間だ。

アンブローズがそんな差配をしたのは、なにもレイドリックへの嫌がらせではない。

これまでレイドリックが主となり実行してきた任務を、彼の部下に引き継ぐことになったのが理由だった。

簡単に言えば、レイドリックは色仕掛けの諜報活動要員から外れたのである。

リヴィエラの私室を目指して歩きながら、彼が楽しそうにリヴィエラの額にキスを落とす。

彼はキスをするのが好きなのか、リヴィエラと一緒にいるときはよく額や頬、そして唇にも、まるで溢れてやまない愛情を伝えるように優しい口づけを与えてくれる。

恋愛ごとに慣れていないリヴィエラは、そのたびに心臓が甘く痺れて痛い。

今だってドキドキとうるさい心音が彼に聞かれていないか不安になる。

それに、いつまで経っても慣れない自分とは違い、彼は慣れている様子だ。そこに今さら引っかかっている自分がいた。

今までは『契約結婚だから』と無意識のうちにかけていたストッパーが、その事実がなくなった途端に外れてしまったような感じがしている。

『……本当に、いいのでしょうか』

思わず口をついて漏れたのは、ずっと抱えていた不安だった。

『ん？　なにが？』

部屋に着き、侍女のディナに迎えられながら、レイドリックは迷わずソファへ足を向ける。

ディナが気を利かせて部屋を出ていくと、レイドリックはリヴィエラを抱えたままソファに腰を下ろした。ようやく解放されると思っていたリヴィエラは困惑の視線を彼にやる。

しかし、彼は笑顔で話の続きを促してきた。

『リヴィエラ、なにがいいの？　今なにか言おうとしてたよね？』

諦めたリヴィエラは、大人しく彼の膝の上で横向きに収まったまま口を開いた。

『レイドリック様が、諜報活動を降りるというお話です』

『ああ、それか。前にも説明したけど、別にいいよ。本来なら独身者しか務めない仕事だしね』

『ですが、殿下はかなり渋っておられました』

そう、レイドリックが色仕掛けによる諜報活動の前線から引退するというのは、上司であるアンブローズの命令ではなく、レイドリック本人からの強い申し出で叶《かな》ったものだ。

アンブローズはかなり惜しがっていたのを知っているリヴィエラとしては、本当によかったのだろうかと悩む時がある。

なぜなら、レイドリックがそう決断したのは、彼は口にしないけれどリヴィエラに気を遣ったせいだと思うからだ。

『殿下は――』

と、その時。まるでリヴィエラの続く言葉を聞きたくないと呼吸ごと奪うように、レイドリックが口を塞いできた。口内を優しくねぶられ、息苦しさに生理的な涙が目尻に滲む。

気付いたレイドリックがそっと唇を離してくれた。

『いいんだよ、本当に。君がアンブローズを気にしてやる必要はない。あまり殿下殿下と、他の男のことを話さないで。それともリヴィエラは、俺が他の女性と仲よさげに歩いていてもいいの？』

彼の言葉に、どくんと心臓が重く響く。

『仕事とはいえ、やっている内容は色仕掛けだからね。俺に惚れさせるためのことはする。その手段がどんなものか、君も少しはわかるね？』

顎に指先を添えられ、下から力を加えられたリヴィエラは強制的にレイドリックの方を見上げさせられた。

そんなことをされれば、彼の言う手段が恋愛ごとに疎いリヴィエラにもなんとなくわかってしまう。

最近になって彼の慣れたキスに引っかかりを覚える理由を、ここに来てようやく自覚した。

彼には恋人同士の触れ合いに慣れるまでの過程がある。無意識のうちにそれを考えてしまい、だからリヴィエラはモヤモヤしていたのだ。

彼によって顔を俯けられないリヴィエラは、瞼を伏せて藍色の瞳から逃れた。

今までは具体的に思い至らなかったから平気だったけれど、一度でも思い至ってしまえば、過去のことだとわかっていてもいい気はしない。

――いや、違う。

過去ではなかったかもしれないのだ。レイドリックがアンブローズに諜報活動要員を降りると申し出てくれなければ、レイドリックは今も他の女性に甘い顔で、甘い声で、偽りとはいえ愛の言葉を囁いていたかもしれない。そのせいでリヴィエラは余計に引っかかっていたのだろう。

途端に胸が締めつけられるような痛みを覚えて、レイドリックの服を縋るように握りしめる。

『わかります。わかるので、もう、蒸し返しません』

すると、レイドリックが眉尻を下げた。

『うん、よかった、そう言ってもらえて。俺も嫌だよ、君以外の誰かを口説くのも、君以外に触れるのも、触れられるのも』

レイドリックがちゅ、と触れるだけのキスをする。

『俺は君だけのものだからね、リヴィエラ』

そのひと言がリヴィエラの胸を熱くさせた。過去のことは割り切れても、この先のことはどうしても割り切れなかったから、確かな言葉をくれる彼に、確かな行動を示してくれる彼に、好きだという気持ちが溢れてくる。

その言葉が嬉しかったから、リヴィエラも微笑み返した。

『わたしも、レイドリック様だけのものです』

『っ……！』

急に片手で口もとを押さえたレイドリックだが、隠せていない耳がほんのりと赤い。

『ずるいな。君は俺を翻弄するのが本当にうまいよ』

でも、と彼が付け足して。

『翻弄するのは俺だけにしてね？　今みたいに俺から覚えたことは、俺にしか使わないで』

『ふふ。他に使う場面なんてありませんよ』

変な心配をする彼に笑って返す。

すると、苦笑した彼に頭を抱き寄せられた。

『それで、最初の話に戻すけど、顔色が悪かったのはなにが原因だったの？　体調不良じゃないんだよね？』

『ええと、ですね。結婚式のことなのですが――』

リヴィエラは恐る恐るといった体《てい》で式場の変更ができないか相談した。

結婚式をやり直すこと自体は反対ではないのだ。ただ、場所が場所なだけに、気後れしてしまう。

そもそもリヴィエラとレイドリックの結婚は、当人同士の認識では『契約結婚』だったけれど、事情を知る一部を除いた周囲の認識の中のふたりは本当に結婚している。

つまり、結婚式をやり直すにしても、大々的にはできない。それこそふたりだけの結婚式か、招待するなら事情を知る者のみだけの小さな式になるだろう。

なのに王都最大の教会を貸し切るなんて、リヴィエラの胃は絶対にもたない。人目がなくても無理だ。恐縮してしまって結婚式を楽しめないのは目に見えていた。

『ですから、もう少し親しみやすい教会だと嬉しいです』

せっかく準備してくれているレイドリックへの申し訳なさと、面倒だと思われないかという不安に駆られながら口にしたら、意外にも彼は『わかった』とふたつ返事で了承してくれた。

しかもなぜか、口もとが緩んでいる。

『結婚式自体が嫌じゃないなら安心した。最初の式はほら、契約のつもりだったし、調査中でもあったから、あんな味気ない式を君にさせてしまったことを後悔してたんだ。なにより、リヴィエラの綺麗なドレス姿を俺がもう一度見たかったから、式自体が嫌だったらどうしようって少しだけ不安だった。でもそうじゃないなら――むしろ予想外にリヴィエラも前向きだと知れて、俺は嬉しいよ』

だから口もとが緩んでいたのかと思ったら、いつもカッコいい彼が途端にかわいく見えてくる。

『よし。それなら一緒に決めようか？　リヴィエラの好きな教会でやろう』


――という経緯があり、ついに本日、二度目の結婚式が始まった。

ベンチに並ぶ参列者は、ディナやミゲル、アンブローズといったふたりの契約結婚をあらかじめ知っていた面々だ。

家族に本当に幸せになった姿を見せられないのは寂しい気持ちもあるけれど、招待するには事情を説明しなくてはならなくなる。

レイドリックの率いる部隊は存在そのものがあまり公になっていないこともあり、リヴィエラ自身が家族への説明は不要だと断った。

一応レイドリックは何度も『本当にいいの？』と確認はしてくれたのだ。それで十分だった。リヴィエラが望めば事情を説明し、謝罪だってすると請け負ってくれたその姿勢だけで、寂しかった気持ちは十分に満たされた。

自分のわがままで彼を困らせたいわけでもない。

それに、リヴィエラにとって新たに大切な友人となったディナが見届けてくれるなら、それも幸せだ。

隣には、煌びやかな正装に身を包むレイドリックがいる。

ふたりの前にある祭壇には神父がおり、厳かに式を進めていく。

リヴィエラはふと、一度目の結婚式と同じように横にいるレイドリックを盗み見た。

あの時はまっすぐ前を見据える彼の凛とした佇まいに見惚れてしまったのを思い出す。

リヴィエラはずっと俯いていて、人の視線ばかり気にしていた。

けれど、今はあの時とは違う。

人の視線なんて気にならない。隣にいるレイドリックの相変わらず美しい姿に見惚れる。

そしてそんなリヴィエラに、二度目の彼は気が付いた。

神父が祝いの口上を述べている間、目が合った彼とこっそり微笑み合う。彼からの反応があるだけで一方通行の想いではないのだと実感できて、それだけで目頭が熱くなる。

幸せだ。こんなに幸せでいいのだろうかと心配になるほど、胸が幸福感で満たされている。

「――では、誓いのキスを」

一度目は緊張する中ただの義務で果たしたその行為が、二度目はまったく違う意味を伴う。

レイドリックがリヴィエラの顔にかかるヴェールを外した。あの時揶揄うような笑みを浮かべていたレイドリックは今、リヴィエラと同じくらい幸せそうな微笑みを見せている。

甘くとろけそうな瞳でリヴィエラを映し、リヴィエラの頬に優しく手を添えた。

重なった唇から、互いの想いがじんわりと伝わり合う。その温もりが心を甘く震わせ、ずっとこうして重ねていたいような気持ちにさせる。

最後まで繋がった下唇が、ふたりの名残惜しさを表すようだった。

会場に祝福の拍手が響き渡る。

「おめでとう、ふたりとも！」

「おめでとうございますリヴィエラ様ぁ～！」

アンブローズとディナが祝いの言葉をかけてくれる。

ディナなんかはハンカチを目もとにやりながら号泣していた。

ミゲルがそんな姉の背中を一生懸命さすっているのを見て、リヴィエラもつい泣きながら笑ってしまう。

この涙は、過去に流したどの涙とも違う。悲しみなんかじゃない。幸せと、愛しさと、感動で溢れた涙だ。

そして、いつまでも引きずっていた過去の自分と、決別する涙でもある。

レイドリックと出会ったおかげで、俯く人生のもったいなさを知った。

前を向いて新しいことを切り拓く楽しさを知った。

彼のおかげで、人を愛せる喜びや、愛される幸せを知った。

もう、ひとりぼっちの、諦めて心を殺すだけの人生ではない。

本当に欲しいものは自ら手を伸ばし、掴んでいくのだ。

その過程でどんなに不安や恐怖に苛まれても、レイドリックがいてくれるなら大丈夫だと、そう思える。

だからリヴィエラは今、一度目の結婚式のように不確かな未来に俯くのではなく、不確かな未来に負けることなくこうして笑っていられるのだ。

「レイドリック様」

まっすぐと、彼の藍色の瞳を見つめて。

「これからは、離婚の条件なんて必要ない本当の夫婦として末永くよろしくお願いしますね」

「ああ、こちらこそ。目一杯愛するつもりだから、覚悟しておいてね」

今度こそ嘘偽りのない永遠の約束を胸に、ふたりの人生がゆっくりとひとつになった瞬間だった。

END

あとがき

このたびベリーズファンタジースイート様の企画【愛され大逆転シリーズ】に参加させていただけることになりました、蓮水涼です。まさかのトリで緊張しておりますので、皆様が楽しんでいただけたなら本当に嬉しいです！

さて、今回は企画名にあります通り、最初は愛されていなかった主人公が最後には溺愛されるお話です。本作はとにかく作者の「軟派な男を書きたい」というわがままを担当様が叶えてくださったことでできあがったものでもあります。本当はもっとチャラい兄ちゃんを書く予定だったんですが、蓮水が書くキャラにはありがちの『書いているうちにそうなった』現象が起き、レイドリックは意外と真面目な男になりました（笑）。たまにはこういう『軟派男』がいてもいいですよね！　でもそんな彼だからこそ、リヴィエラを幸せにできるのでしょう。

ただ、レイドリックも油断はできません。両想いにはなりましたが、本作の名脇役アンブローズがいます。こちらの彼もなぜかいつのまにかリヴィエラへの淡い想いを匂わせるキャラになりましたが、もしこの物語に続きがあるとしたら、確実にレイドリックのライバルはアンブローズになります。ええ、とても厄介な当て馬です。なにせ彼は恋愛に慣れていないがゆえに自覚するのは遅いでしょうが、自覚したらまっすぐと突っ込んでいくタイプ（今のところ）

だからです！　さあ、皆様の想像の中の彼らは、どんな攻防を繰り広げるのか――作者はそっちを楽しく妄想させていただきますね！

ちなみに、本作の序盤に出てきた公園シーンは、作者が過去にイギリスに行った際の経験を参考にしています。本当に野生のリスが「餌持ってる？　持ってるよね？」というあざとかわいらしい姿で近寄ってきて、なんとも癒やされつつパンを死守した記憶があることを付け足しておきますね。

では！　ここからは関係者の皆様への謝辞を失礼いたします。

前作から引き続きご担当くださった担当様、編集部の皆様、本作でも大変お世話になりました。プロット通りいかないことの多い私ですが、まさかエピローグを丸々抜かすとは自分でも思っておらずご迷惑をおかけしました。言われなかったら気付いていなかったので本当にありがとうございます！　また、時に交じる感想にはとても勇気づけられていました。

そしてお忙しい中イラストを手がけてくださったwhimhalooo先生、ふたりの切ない関係を儚くも美しい絵で表現してくださりありがとうございます！　特に見開きの口絵を拝見したときはもう大大大興奮でした。また校正、デザイン、印刷、営業等本作の出版にご尽力くださった皆々様にも、心からの感謝を申し上げます。

次もまた、皆様とお会いできる日を祈って――。

蓮水《はすみ》　涼《りょう》

離婚の条件が揃いました【愛され大逆転シリーズ】

2025年5月5日　初版第1刷発行

著　者　蓮水　涼

発行人　菊地修一

発行所　スターツ出版株式会社

〒104-0031　東京都中央区京橋1-3-1　八重洲口大栄ビル7F
TEL　03-6202-0386（出版マーケティンググループ）
TEL　050-5538-5679（書店様向けご注文専用ダイヤル）
URL　https://starts-pub.jp/

印刷所　株式会社DNP出版プロダクツ

ISBN　978-4-8137-9452-3　C0093　Printed in Japan

［蓮水　涼先生へのファンレター宛先］
〒104-0031　東京都中央区京橋1-3-1　八重洲口大栄ビル7F
スターツ出版（株）　書籍編集部気付　蓮水　涼先生